明媒善娶

下

夢三生／著
哈尼正太郎／繪

目錄

第九章　東家有喜

施伐柯不知道第二日陸伯母究竟有沒有去見那個郁七娘，因為她已經忙得不可開交了。

婚期已定，自然需要施伐柯這個媒婆兩邊走動，三書六禮哪樣都少不了她這個媒婆的身影，施伐柯簡直分身乏術，還是娘提點了幾句，施伐柯才漸漸從容不迫起來，漸漸有了幾分大媒風範。

合過了八字，是天作之合。直至看到擺在妝鏡前的合婚文書，朱大夫人才放下了一直懸著的心，她相信自己的決定沒有錯。

收起合婚文書，朱大夫人攬鏡自照，發覺自己臉上已經有了掩不住的風霜，面色也不復昨日的鮮嫩，她抬手摸了摸鬢髮間已然遮蓋不住的銀絲，對著鏡子出了神。

「彩雲，我是不是老了。」半晌，她輕聲道。

一旁侍立的彩雲趕緊搖頭，輕聲道：「夫人還年輕呢。」

朱大夫人失笑，她也是魔怔了，問這話作甚。

大概……是因為阿瓊吧。她又想起了那日見到阿瓊時的情形。

二十餘年不見，她雖然也算養尊處優，但到底勞心太過，歲月已經在她的臉上留下了不可磨滅的痕跡，可「被死亡」的阿瓊卻依然光彩照人，甚至經過時間的沉澱，被歲月打磨出了獨特的風情，一看便知是被人細心呵護，小心珍藏了。

那位陸老爺留著一臉的絡腮鬍子，看著很是驃悍，可看著阿瓊的眼神卻像隻溫順的大貓……她當時也是魔怔了，竟想出了這個比喻，如今想來還是想笑的。

說起來也是她失禮，顏顏的婚事她從頭到尾都沒有知會過自家老爺，因為她知道他不會在意也不會管，可如今好友帶著相公上門，她家老爺卻不在家，她便有些過意不去……

陸老爺卻豪爽地擺擺手說不必管他，他在外頭等著就行，讓她們姐妹自己去說話，她覺得不妥，不合禮數，可阿瓊多少年沒見還是這樣，當下拖了她便走，根本也不給她說話的機會。

因著這個開場，兩人二十餘年不見，竟也不曾生疏，如兒時一般握著手說話。

阿瓊將當年的事情鉅細靡遺地同她講了一遍，講到他為了哄她嫁給他，擅自把山寨的名字改成了飛瓊寨，又講到她成婚當日知道陸老爺前頭留了一個兒子，當即脫下繡鞋將他追打得抱頭鼠竄的時候，朱大夫人簡直目瞪口呆。

……還能這樣？

「妳便不怕嗎？」朱大夫人忍不住問。那是山匪啊，萬一惱羞成怒殺了她怎麼辦？

許飛瓊噗嗤一笑，笑過之後又出了一會神，許久才搖搖頭，笑著道：「許是有恃無恐吧，仗著他喜歡我罷了。」朱大夫人竟然有點羨慕。

羨慕過後，她反應過來，「當年救了顏顏的，是妳的繼子？」這是什麼緣份啊。

許飛瓊點頭，「那孩子叫竹西，是個好孩子。」

朱大夫人便有些微妙地看著她，許飛瓊一點也沒有不好意思的表情，十分無賴地道：「為何這樣看我？妳應該知道我的來意啊！」

「二十餘年不見，妳倒是一樣直白。」朱大夫人搖頭失笑。

「我知道妳的顧慮，千崖山飛瓊寨雖然惡名在外，但其實整片千崖山的地頭都是歸陸家所有，並沒有什麼打家劫舍的行徑，和周邊的村民也相處融洽，並不是什麼見不得人的匪寨。」

這話一出，朱大夫人的表情更微妙了，「……妳當初可是在送嫁的途中被擄走的。」說好的不會打家劫舍呢？

許飛瓊一窒，輕哼一聲，「那混蛋……早年在京城見過我，一早動了心思的。」說到這裡，自嘲地笑了一下，「他倒是沒臉沒皮地上門提過親，可我爹怎麼可能將我許給一個白身。」

朱大夫人一愣，隨即笑了起來，可不是，阿瓊她爹可是將阿瓊賣了個好價錢，可惜阿瓊半道被劫走了，她爹的如意算盤都落了空。

「那混蛋害人不淺，當初千崖山飛瓊寨的惡名就是這樣傳出來的。」許飛瓊扶額，「當年我送嫁多大的陣仗，結果就被擄走了，這件事當時鬧得很大，官府還派了人來剿匪，後來是陸庭他爹捧了當年太祖皇帝的聖旨出來才平息了這件事，可那時候惡名已經傳揚出來了，便越傳越離譜了。」

「太祖皇帝的聖旨？」朱大夫人有些驚訝。

「嗯，陸家的曾祖曾是一方巨賈，當年太祖皇帝打天下時他送了太祖皇帝一半家產，後來太祖皇帝登基之後要封他做官，那位曾祖愛好有點特別……說嚮往江湖快意恩仇，太祖皇帝大樂，御筆一揮許他占山為王，將千崖山一帶賜給了陸家。」說到這裡，許飛瓊的表情有點一言難盡。

這是……奉旨為匪？朱大夫人的表情也有點一言難盡。

許久，她歎了一口氣，「罷了，兒女自有兒女福。」為了一點虛名，她難道要逼死女兒嗎？當初阿瓊於送嫁途中被擄走，後來又被死亡，結果現在阿瓊卻是她所有姐妹中過得最舒心的。

她的顏顏，也能一生順遂吧。

「阿瓊，這些年……妳都不曾想過要回京城去看看嗎？」

「嫁出去的女兒潑出去的水，我若回去，我爹怕是要睡不安枕了。」許飛瓊搖搖頭，表情有些淡漠。

朱大夫人看了她一眼，看來她還不知道自己「被死亡」的事情。

既然她不知道，那些糟心的往事便也不必再和她提起，朱大夫人便轉了話頭道：「對了，妳可知道那位提督家的公子後來怎麼樣了嗎？據聞有一日醉酒之後誤入小倌館，被當成了館裡的小倌，遭了毒手，後來就……不舉了。」

朱大夫人當時不過是隨意扯了個話題，只是聽了這話，許飛瓊當時的表情看起來顯得有些奇怪……竟不像是不知道的。

朱大夫人現在琢磨著，這事兒八成便是那位愛妻如命的陸老爺幹的吧！

那陸老爺也是個缺德的。

朱大夫人搖搖頭，回過神來，「小姐怎麼樣了？」

「小姐的身體已經有了起色，今日還去小花園看茶花了呢。」彩雲臉上添了一絲喜氣，笑著道。

「那討債的倔丫頭。」朱大夫人搖搖頭，歎了一口氣道：「可算遂了她的願了，我大概是上輩子欠了她，這輩子才要被她折騰。」

「有夫人這樣好的娘親，小姐福氣大著呢。」彩雲見朱大夫人口不對心的樣子，笑了起來，說著，又大著膽子道：「奴婢瞧著新姑爺也是個好的，知道小姐喜歡茶花，前兒個托人送了好幾盆名貴的茶花進來，如今正是開花的時候，其中有一盆緋爪芙蓉，開得可好看了，還有一盆金茶花，開出來的花是金黃金黃的，乍一看還晶瑩剔透似的，當真是又漂亮又雅致。」

彩雲說得討喜，朱大夫人忍不住也笑了起來。

在定下婚期的第二日，那個叫陸竹西的孩子便來登門拜訪，看著行事大方，言之有物，比當初那些京中的紈褲倒是好上許多。

比起表面風光，她更希望自己的女兒能夠一生順遂。

四月的一天，銅鑼鎮陡然熱鬧了起來。

陸家的聘禮如流水一般送進了朱府，陣仗之大，聘禮之豐厚，令人咋舌。

「原來陸秀才家裡這麼有錢啊……」

「那當初那些說他覬覦賀家家財，逼娶賀家大小姐的事……都是謠言哦？」

「自然是謠言啊，你看人家都能娶朱家大小姐了，你再看看這陣仗……」

盛興酒樓二樓臨街的包廂裡，沈桐雲忿忿地摔了一個茶杯，「不過是拿了我家鋪子裡的東西擺闊，竟也敢這般招搖過市，真是令人不恥。」

坐在她對面的賀可甜聽了這話，看了她一眼，「妳不是說服妳娘換了東西嘛。」

說起這個，沈桐雲就更氣了，「誰知道他們白拿了東西竟然還敢嫌差，跑去跟我爹告狀了呢，還害得我爹娘吵架了。」

賀可甜眼神一黯，她轉頭看向窗外那一台台如流水般經過的聘禮，心裡空落落的，她的臨淵先生……要成親了啊。

明明是她先喜歡的。

明明也是先跟她說親的。

明明朱大夫人已經拒婚了。

……好不甘心啊，怎麼突然就塵埃落定，成了定局呢。

隔著包廂的門，她都能聽到外頭那些竊竊私語聲，嘲笑賀家自不量力還散播謠言抹黑陸秀才，賀可甜捏了捏拳頭，感覺再也待不下去了。

她倏地站起身，「桐雲，我先回去了。」說完，便推門走了。

「喂！說好要陪我的啊！」沈桐雲跺腳。

賀可甜沒有聽她的，已經走下了樓，然後她就後悔了。

今日盛興酒樓格外的熱鬧，大概是因為陸家送聘的隊伍恰好經過盛興酒樓，大家都坐著看熱鬧，看到賀可甜從二樓走下來，大家的表情一下子都變得格外微妙。

「誒，那就是賀家小姐吧。」

「當初還欺負人家陸秀才是外鄉人，說人家覬覦賀家的家財上門逼娶呢！看看今日這陣仗，陸秀才像是缺錢的嘛，而且人家娶的可是朱家姑娘，正經書香門第的大小姐……」

「是啊是啊，看走眼了吧！當初嫌棄人家是個一窮二白的書生，硬是悔了婚，這會兒腸子都悔青了吧……」

「你看她的表情，看起來快哭了呢。」

四周滿是竊竊私語之聲，賀可甜的臉色忽青忽白，只覺得難堪極了。

「你們嘰嘰喳喳地說什麼呢，誰說是陸秀才要娶朱家大小姐？」一個熟悉的聲音冷不丁響起，賀可甜一回頭，便看到了一張笑咪咪的娃娃臉，正是施伐柯的三哥施重海。

「可是有人親眼看見那聘禮從柳葉巷出來的。」有人不服氣地反駁。

「是啊。」施重海走到賀可甜身後站定，一本正經地道：「可要娶朱家大小姐的不是陸秀才啊。」

「那是誰？」問這話的，是賀可甜。她轉過身，眼巴巴地盯著施重海，問。

施重海垂眸看她，「是陸秀才的兄長。」

賀可甜的眼睛一下子就亮了。

施重海看得好笑，「走吧，我送妳回去。」

賀可甜左右看看，此處確實不是久留之地，可又有些猶豫，「我和沈姑娘一起來的，她還在樓上包廂裡呢。」

正說著，便看到門口有個人走了進來，正是沈桐雲她爹，沈青。

他左右看著，似乎在尋人，待看到施重海時目光微微一頓，沖他點了點頭。

「沈伯伯，沈姑娘在樓上包廂。」賀可甜忙上前道。

沈青點點頭謝過她，又對施重海抱了抱拳，抬腳上了二樓。

施重海看向賀可甜，「現在放心了？」賀可甜一愣，隨即點點頭。

「那走吧，我送妳回去。」四周人越來越多，賀可甜也不敢再待下去，趕緊點頭同意了。

施重海護著賀可甜離開了盛興酒樓，因為人太多的緣故，賀可甜幾乎是被他半圈在懷裡的，她下意識抬頭看了他一眼，那張總是笑嘻嘻的娃娃臉似乎分外的可靠。

「施三哥。」她喊了一聲。

四周都是人，也很吵，賀可甜以為他應該聽不見，誰知他忽然低頭看向她，「嗯？」

「謝謝你。」賀可甜沖他一笑。

施重海微微瞇了瞇眼睛。

嗯，果然很甜。

盛興酒樓二樓，沈青找到了沈桐雲所在的包廂，抬手敲門。

「滾！」回答他的，是沈桐雲不善的怒斥聲。

沈青一下子黑了臉，伸手推開了門。

「我不是讓你滾了嗎！」沈桐雲怒氣騰騰地瞪過來，看清來者是誰之後愣了一下，隨即忿忿地甩過頭去。

「妳這是什麼樣子！」沈青黑著臉走到她面前。

沈桐雲冷笑一聲，指著樓下如流水一般流過的聘禮，「我在這裡坐了一個時辰，陸家的聘禮還沒有抬完，你就這麼中意心頭那顆朱砂痣，人家兒子成親你恨不得把整個鋪子都搬空！」

清脆的巴掌聲響起，沈桐雲被打得整張臉都偏了過去，她愣愣地扭過頭看向一向疼愛自己的父親，「……你打我？」

「清醒了嗎？」沈青黑沉著臉看著她。

「你居然打我！從小到大你從來沒有動過我一根手指頭，你現在居然打我？」沈桐雲又哭又笑，「所以那姓陸的其實是你的種吧！」

又是一巴掌。

沈桐雲被打愣了，一時竟然噤了聲，只眼淚不斷地滾落下來。

「我再同妳說一遍，金滿樓從來都不是我們家的產業，我沈青不過是代為管理，充其量不過一個掌櫃，妳哪來的臉以東家小姐自居？還在正主面前洋洋得意？」沈青按捺住心頭的不忍，沉聲道。

姐。

他向來寵女兒，七娘看著嚴厲，其實卻比他更寵，彷彿要將自己年輕時所吃過的苦都彌補在女兒身上，她抓著她習琴棋書畫，學詩詞歌賦，硬生生把她教成一個傲慢驕縱的千金小姐。

「不可能，我不信。」沈桐雲咬牙切齒地道。

「妳看著外面那些東西，覺得心疼，覺得屬於妳的東西被分薄了？」沈青指著外頭那一台台經過的聘禮，盯著她問，沈桐雲咬牙不語。

「到現在還執迷不悟。」沈青歎了一口氣，整個人彷彿一下子蒼老了好幾歲，他看著沈桐雲道：「妳現在眼紅的這一台台聲勢浩大的聘禮不過是做給外人看的罷了。」

沈桐雲一愣，隨即眼中閃過欣喜和狐疑。

喜的是眼前這些東西不過是在人前晃一圈，可能最終還會回到金滿樓的庫房裡；疑的是不知她爹的話可不可信，畢竟姓陸的那一家子來了銅鑼鎮之後，她爹就跟鬼迷了心竅似的……不過這些喜和疑最終都化成了不屑，拿不是自己的東西來做臉面，真是令人鄙夷。

沈青多精明的一個人，哪裡能看不出來沈桐雲那些情緒的變化，正因為看出來，才更為失望，他抹了把臉，自嘲地笑了一聲，「妳以為這些聘禮很多？」

「不多嗎？這可是銅鑼鎮頭一份的聘禮了，做人不能太貪心。」沈桐雲哼了一聲，理直氣壯地道。

「呵，當然不多，因為真正的聘禮已經送到朱家大小姐手中了。」沈青臉上透出幾分譏嘲之色。

沈桐雲愣了一下，突然覺得有些不太對，霍然起身，「真正的聘禮是什麼？」表情已有些不安。

「當然是金滿樓的所有權。」沈青看著她，淡淡地道，「如今，金滿樓已經記在了朱家大小姐名下，而我這個掌櫃也當到頭了。」

沈桐雲的臉一下子青了，「爹你太過分了！」

「妳是真的不信，還是不願相信？」沈青忽然道。

沈桐雲微微一僵。

「金滿樓從來不是我的，也不可能是妳的，不過是代為管理財物，卻在正主面前以正主自居，還將財物視為己有，我已經無顏再留在金滿樓了。」沈青說完，轉身便要走。

「金滿樓在我沈家手中二十多年，和當初那個無人問津的小鋪子早已不可同日而語！如今他們說收回就收回，簡直豈有此理！」沈桐雲的眼淚一下子落了下來，沖著他的背影聲嘶力竭地哭喊道：「你重情重義，卻把我娘放在何處？她跟了你二十多年，最後卻落得一個被人上門奚落的下場！你不但不為她討回公道，竟然還將金滿樓拱手送上！」

沈青腳下微微一頓，緩緩轉過身來，看向自己的女兒。

那眼神如同在看一個陌生人。沈桐雲被這個眼神嚇到，訥訥地住了嘴。

「妳娘是這樣同妳講的？」沈青看著她，眼中一片清冷，「妳早知道金滿樓是陸家的，卻還做出了那些上不得檯面的小動作，說出那些恬不知恥的話？」

沈桐雲死死地咬住唇，面如火燒。

沈青「呵」地冷笑一聲，拂袖走了。沈桐雲怔怔地站在原地，心中忽然有些後怕，剛剛爹的眼神實在是太可怕了……

這一間小包廂裡的動靜無人知曉，外頭的熱鬧還在繼續。

朱府。

朱大夫人看著這一台台的聘禮源源不斷地抬進來，已經有些麻木了，她執掌中饋多年，並非那等眼皮子淺的人，這些聘禮雖然看著聲勢浩大，卻不如那張金滿樓的轉讓契約讓她心驚。

阿瓊將金滿樓記在了顏顏的名下，這才是陸家給顏顏真正的聘禮。

朱大夫人知道這是阿瓊為了安她的心，可這手筆也太大了，雖然之前阿瓊說千崖山飛瓊寨不算匪寨，說陸家以前是巨賈，可她沒想到堪稱日進斗金的金滿樓居然是陸家的。

陸家有家財，陸竹西對顏顏也有心，朱大夫人心中越發肯定自己當初的決定是正確的。

正想著，一抬眼便看到朱大老爺走了過來。

「老爺，您回來了。」朱大夫人掩去眼中的譏嘲，笑得溫婉。

「這些……是怎麼回事？」朱大老爺問。

朱大夫人垂眸，「顏顏的婚事定了，這些是給顏顏的聘禮。」

「定的誰家？」朱大老爺瞪大眼睛，問。

呵，這個男人，顏顏的親生父親，對女兒不聞不問了十年，如今來問了？可見都說銅臭銅臭，這銅臭雖臭，卻總是不缺逐臭之人。

「定的是陸家，陸秀才的兄長。」朱大夫人笑著道。這個時候，陸秀才的名頭就十分好用了，畢竟陸秀才是二房朱禮的先生，很受老太爺推崇。

果然，聽到是陸秀才的兄長，朱大老爺點點頭，很是滿意的樣子，「這些年委屈孩子了，這孩子是個有後福的。」朱大老爺很是感歎的樣子。

朱大夫人垂下眸子，眼中的涼意和嘲諷幾乎快要掩不住了。

朱大老爺滿意了，朱老太爺聽了這消息，卻覺得有點可惜。

「克己啊，先前怎麼聽說跟你大姐姐議親的是你先生啊，怎麼又變成你先生的兄長了？」朱老太爺看了一眼正心無旁騖地揮毫練字的孫子，第一次打斷了他的學習。

朱禮停了下來，眨巴了一下眼睛，一臉單純地道：「不是啊，跟大姐姐議親的一直是先生的兄長啊。」

「是嗎？」朱老太爺有點懷疑地看著他。

「是啊！」朱禮眼也不眨地點頭，眼眸澄澈，絲毫沒有心虛躲閃。

朱老太爺有些失望，背著手走了。

朱禮看著爺爺的背影，揉揉鼻子繼續練字了。

轉眼便是五月，天氣一日比一日更暖，夏天要來了。

走完了三書六禮的流程，朱顏顏真的要成親了。

朱顏顏是遠嫁，施伐柯自然不能一路陪著朱顏顏去陸家拜堂，她自己倒是躍躍欲試，奈何爹娘和三個哥哥都強烈反對，畢竟她雖然是個媒婆，但也是個未出嫁的黃花大閨女啊！一路長途跋涉的像什麼話……因此陸家又請了一個媒婆作為男方的媒婆，一路陪著朱顏顏去陸家。

施伐柯對此感覺有些小失落。

果然作為媒婆，還是成了婚的婦人比較方便呢……這樣的念頭只是一閃而過，很快又因為忙碌而拋到了一邊，作為女方的媒婆，她依然也忙碌。

很快，便到了迎親這日。

經過幾個月調養，又是人逢喜事精神爽，盛裝的朱顏顏美得不可方物，看得施伐柯直了眼。

朱顏顏羞紅了臉，「阿柯，妳為何這樣看我？」

「陸大哥有福了。」施伐柯答非所問，很是感歎的樣子。

朱顏顏害羞地輕輕捶了她一下，然後又拉住了她的手，「阿柯，謝謝妳。」

「謝什麼，我可是要拿媒婆紅包的。」施伐柯笑嘻嘻地道。

朱顏顏被她逗笑了，「肯定少不了妳的媒婆紅包。」

「要包得厚厚的。」施伐柯得寸進尺。

「知道啦。」朱顏顏很乖地答應。

施伐柯覺得她太乖了，便忍不住又想捏她的臉，奈何上了妝不好下手，很是可惜。

「喏，給妳的添妝。」施伐柯塞給她一個盒子。

朱顏顏打開盒子，是那只在金滿樓訂做的玉鸞釵，「好漂亮！」

「嗯，不過和陸大哥的聘禮比起來可不算什麼，畢竟現在整個金滿樓都是妳的了。」施伐柯笑得不懷好意。

做為媒婆，她當然知道金滿樓過戶給了朱顏顏的事，朱顏顏還贈了她一張金滿樓的貴賓卡，在金滿樓買首飾可以打對半折呢。這種貴賓卡制度是沈青想出來的，後來銅鑼鎮很多商鋪都紛紛效仿。自家二哥可是極為推崇這位沈掌櫃的，聽聞他以後可能不在金滿樓做事了，還感歎若非自家鋪子小請不起這尊大佛，簡直想挖回自家鋪子呢。

朱顏顏被她打趣得越發害羞了，整個人縮成了一棵含羞草。

那日送聘鬧了多大陣仗她已經聽臨夏說了，但都不及那張金滿樓的過戶文書給她的震撼大，再想起那晚她語無倫次地抓著他的手臂跟他說什麼……存了體己銀子，若要省著些也夠花之類的，朱顏顏便整個人都羞成了一個煮熟的蝦子，她當時還期期艾艾地讓他不要去打家劫舍呢！

啊啊她好像又犯蠢了……

「施姑娘妳可饒了我家小姐吧，別逗小姐了，小心再鬧得花了妝。」一旁的奶娘見自家小姐羞成了一棵含羞草，忙跑上來張開手臂護住了自家小姐。

夫人答應了陸家的親事之後，她心裡其實是有些惶惑的，畢竟……那可是匪寨，怎麼能讓從小錦衣玉食的小姐嫁進賊窩呢？後來聽夫人耐著性子同她講了那飛瓊寨的情況，又見小姐自從夫人應允了這樁婚事之後身子一日日有了起色，竟是眼見著要大好了。

她便踏踏實實地給小姐調養身子，陪她備嫁了。

夫人托她作為陪嫁隨小姐出門，其實不用夫人囑託，她原也是打算了要陪著小姐出嫁的……夫人信了那位飛瓊寨出來的夫人，要將小姐嫁過去，她心裡卻還是存了疑的，她怎麼能讓小姐一個人嫁去那種地方，萬一到時候小姐受了什麼委屈豈不是叫天天不應，叫地不靈？所以她定然是要陪著小姐的，她已然打定了主意，到時候若要有個什麼萬一，她即便是拼了這條老命不要，也一定要護小姐周全。

正在奶娘堅定自己的忠僕人設之時，外頭突然劈哩啪啦響起了鞭炮聲。

「快快快，新郎官要來接新娘子了。」施伐柯忙扶朱顏顏坐好，又替她整了整衣衫，檢查了一下她的妝容。

見朱顏顏倏地瞪大眼睛，有些緊張的樣子，施伐柯笑著輕輕握了握她的手，「不要緊張，妳一定會幸福的。」朱顏顏眼睛一彎，施伐柯替她放下了紅蓋頭。

大紅蓋頭在眼前緩緩落下，朱顏顏心跳如擂鼓，她下意識抬手輕輕握住了戴在胸前的那枚吊墜，那是母親還給她的。

許久之後，有腳步聲響起，一雙溫暖的大手執起了她的手。

朱顏顏一顆始終忐忑不安的心忽然就落到了實處，她終於確定這門婚事不會再生起什麼波瀾，而此時她身側這個男子，便是她此生的良人。

如阿柯所言，她一定會幸福的，朱顏顏無比確認。

雖然無比確認，可是到了拜別爹娘的時候，朱顏顏還是哭成了一個淚人兒。

朱大老爺很是煽情地說了許多，說到動情處還抹了抹眼睛，朱顏顏卻是一句也沒有聽進去，她只緊緊握著娘親的手，眼淚止不住的往下落。

「好了，大喜的日子，別把妝哭花了。」朱大夫人拍了拍她的手，一滴眼淚沒掉。

朱大夫人把陸家送來的聘禮都當作嫁妝讓朱顏顏帶走了，再加她這些年攢下的，說是十里紅妝也差不多了。

對此，朱大老爺是頗有微詞的。

雖然朱家是大戶人家，可架不住他有些燒錢的小愛好啊，比如他最近又看中了一幅臨淵先生的畫什麼的……奈何向來溫婉懂事的夫人突然就執拗了起來，還將這件事鬧到了老太爺面前，害他挨了老太爺劈頭蓋臉一頓臭罵，氣得朱大老爺一連幾天都歇在了姨娘處。

當然，對此朱大夫人是毫不介意的，她只要她的女兒風光出嫁，一生順遂。

一直到女兒上了花轎，朱大夫人站在朱府門口，遙遙望著那花轎走出了她的視線，她的視線才慢慢模糊起來……那個在她懷中牙牙學語的小姑娘，那個她攙扶著蹣跚學步的小姑娘……她乖巧又貼心的女兒，終於還是成了別人家的媳婦。

希望她能一生順遂，能被愛，能不驚不懼，無憂無慮地活著。

「妳可真是個冷心冷情的，女兒出嫁這麼大事也不見妳掉滴眼淚。」朱大老爺目送著花轎遠去，想起之前女兒都哭得不能自已了，朱大夫人愣是一滴眼淚沒掉，頗有些嘲諷地道，剛說完，一回頭便看到了朱大夫人望著遠去的花轎，眼中隱約有淚光閃動，不由得一怔。

「這是喜事，掉什麼眼淚。」朱大夫人輕哼一聲，撇過頭去。

朱大老爺摸了摸鼻子，有些訕訕的。

施伐柯將迎親的隊伍一路送出了銅鑼鎮，然後依依不捨地看著迎親的隊伍繼續往前走，心中十分感慨，朱家這樁婚事可是費了她九牛二虎之力，雖然結果和預期的有些出入，但也總算是得了個好結果，也是皆大歡喜。

不過……忙到最後，陸池還是沒能娶上媳婦啊。

明明一開始的初衷是想給陸池說親的，結果說到最後，他反倒成了一個沒事人……朱顏顏成了他嫂嫂。

這個人簡直有毒！他的婚事怎麼能那麼難啊！她都已經用自己身為一個媒婆的尊嚴發了誓呢，難道她的尊嚴就要毀於他手嗎？

不！她絕不妥協！她要越挫越勇！前所未有的豪情壯志在心底默默澎湃著，正在施伐柯為自己深深感動的時候，身後忽然有人拍了拍她的肩。

施伐柯回頭一看，便看到了陸池的臉，這人怎麼這麼不經想啊！剛想起他就蹦出來了！

大概是心虛的緣故，施伐柯被嚇了一大跳，倒抽了一口涼氣，猛地倒退了一步。

「怎麼見了我跟見鬼似的？」陸池挑起眉，上上下下地打量她，「莫不是做了什麼對不起我的事情，心虛了？」

「胡說什麼呢！」施伐柯斷然否認，隨後定了定神道：「你怎麼在這裡？」

……還牽著馬？施伐柯看了一眼他手裡的馬韁和身後那匹打著響鼻的駿馬。

「大哥成親，我得回去了。」陸池看著她道。

施伐柯一愣，隨即反應過來，「……對哦。」陸大哥成親，作為弟弟他肯定得回去啊。陸伯父和陸伯母一個月前就回去準備了，臨行前陸伯母還不捨地拉著她的手請她去家中做客呢。

「妳沒有什麼想同我說的嗎？」陸池看著她，問。

「……一路順風？」

陸池額角青筋一跳，只覺得媚眼都拋給瞎子看了，懶得再說，直接將手中拿著的木匣子塞進了她懷裡。

「這是？」施伐柯低頭一看，唔，這木匣子有點眼熟啊……

「謝媒禮。」陸池磨著牙道。

一聽是謝媒禮，施伐柯便立刻眉開眼笑了。

瞧著她這副沒心沒肺的樣子，陸池便眼睛疼，他完全不想再說什麼了，直接翻身上馬，追上了迎親的隊伍。

「陸二哥，一路順風！」身後，那傻丫頭還在大喊。

陸池到底沒忍住，回頭看了她一眼，便看到那傻丫頭正使勁兒蹦噠著沖他揮手，那蹦噠勁兒、歡快勁兒，完全沒有捨不得他的樣子。陸池越發心塞了，一夾馬腹，跑遠了。

「想不到陸二哥還會騎馬啊。」施伐柯喃喃自語著，心想做為一個手無縛雞之力的書生，陸二哥騎馬的姿勢真的是十分的俐落瀟灑了。

一直揮到手臂都酸了，施伐柯才放下了手臂，低頭看了看手裡的木匣子，越看越眼熟。

唔，這不是之前裝著陸伯父、陸伯母以及陸大哥送給她見面禮的那個木匣子嗎？後來被她故意遺忘在了柳葉巷來著……她打開一看，果然是熟悉的配方、熟悉的味道。

一柄沉甸甸金燦燦的金如意、一只流光溢彩的鑲寶如意簪，一張五百兩的銀票。

結果轉了一圈，又回到了她手上啊。

說起來……如意這種東西真的不好隨便送人啊，容易引起誤會，回頭若再見了陸二哥，她得跟他好好說說，施伐柯很是操心地想著。

眼看著迎親的隊伍已經走遠，施伐柯抱著木匣子轉身回去了。

到家之後沒多久，朱大夫人又托人送了一份厚厚的謝媒禮來，樂得施伐柯見牙不見眼，眼見著荷包豐滿了起來，財大氣粗的施伐柯一拍手，決定請爹娘和三個哥哥去盛興酒樓打一打牙祭。

十分豪爽地點了一桌子菜，施伐柯在陶氏的默許下壯著膽子要了一壺梅子酒。

「對不住啊施姑娘，我們的梅子酒剛好賣完了。」夥計一臉抱歉地道，施伐柯一聽，一臉控訴地瞪向了自家三哥。

施三哥摸了摸鼻子，一臉無辜，「妳看我作甚？當真不是我。」

施二哥看了看小妹，又看了看三弟，「你們在打什麼啞謎？」

「我先前有一回來這裡打酒，結果這夥計硬是睜著眼睛說瞎話，非得說他們家的酒已經賣完了，可是旁人都能買到酒，卻獨獨不肯賣給我，肯定是三哥搞的鬼。」施伐柯忿忿地告狀。

一旁的夥計尷尬地摸了摸鼻子。

「妳來買酒？」陶氏的聲音涼颼颼地響起。

施伐柯抖了一下，趕緊解釋，「我是給陸二哥買的。」

「陸二哥？」施家二哥不爽了，「哪個陸二哥？」

「陸池啊！」

「妳什麼時候和他這麼熟了？」施二哥心生警惕。

「哎呀這不是重點，重點是明明他們有酒卻獨獨不肯賣給我啊！」施伐柯努力把話題掰正。

「想知道是誰搞的鬼還不簡單。」施三哥呵呵一笑，一手懶洋洋地支著腮幫子，一手指著那一臉尬笑的夥計道，「問他啊。」

「這這這……」夥計急出了一頭汗。

就在這時，有腳步聲傳來，來的是賀家兄妹。

「施叔，陶姨，這是怎麼了？」賀可鹹走了過來。

夥計一臉看到救星的表情，「施姑娘點了梅子酒，可是、可是我們酒已經賣完了。」他很快地說出了事情的經過，又順便給自己表了功，他可是堅決執行了東家的話，沒有賣酒給施姑娘呢！

賀可鹹涼涼地瞅了他一眼，沒有搭理這個不知變通的蠢貨，轉頭笑著對陸家那一大家子道，「剛好我點了梅子酒，可甜不喝酒的，我一個人也喝不完，便讓給你們吧。」

不能賣酒給阿柯，也要看情況啊，這會兒阿柯的爹娘兄長都在……還好他來得及時，否則可就要露餡了，賀可鹹默默在心底擦了把虛汗。

「讓什麼，坐下一起喝吧。」施長淮擺擺手道，「正好一道用飯。」

桌子很大，剛好還空了兩個位置。賀家兄妹小時候也算常在施家留飯的，因此一桌子人都沒有覺得有什麼不妥，除了施三哥……因為他知道賀可鹹那小子醉翁之意不在酒。

奈何眾人皆醉他獨醒啊！於是施三哥只能眼睜睜看著賀可鹹假惺惺地推讓了一番，然後彬彬有禮地坐了下來。

「可甜，妳靠著阿柯坐吧。」賀可鹹不動聲色地坐到了施三哥的身邊，不著痕跡地隔開了他和自己妹妹。

施三哥神色微妙地看了賀可鹹一眼……這位賀大哥對他很不友好啊。

兩個小姑娘自然是要坐在一起的，何況她們又一向要好，沒人知道這兩個小姑娘正鬧矛盾呢……

盛興酒樓的飯菜名不虛傳，大家吃得很是盡興。

施長淮尤其高興，尤其喝了兩杯酒之後，便打開了話匣子，開始滔滔不絕，「我們家阿柯最是孝順了，這頓飯可是阿柯請的，她才賺了那麼一點銀子，就惦記著要請我們吃飯呢……」

「是，阿柯向來孝順。」賀可鹹認同地點頭。

什麼叫一點銀子！她可是拿了雙份的媒婆紅包啊！您還給她塞錢說要富養女兒，她現在大概是家裡最有錢的人啊！真正的窮鬼施三哥在心底咆哮。

便是連施伐柯都一臉詫異地看了賀可鹹一眼……她是知道賀大哥從小就崇拜她爹，可是原來已經崇拜到盲從的地步了嗎？

「阿柯還給我做了衣裳呢！針腳密密實實的，特別用心！」施長淮又道。

「阿柯的手藝定然是不錯的。」賀可鹹點點頭，看起來有點羨慕的樣子。

見鬼的不錯，賀可甜默默翻了個白眼，她可是見過那件所謂的衣裳……一件最最簡單的寢衣做得跟個抹布似的，因為老是縫錯，拆了又縫，縫了又拆，針腳能不密實嘛！

賀可甜剛翻完白眼，便見斜對面的施三哥沖自己眨了眨眼睛，對上了視線的兩個人頓時有了惺惺相惜之感。

兩人一時只顧著惺惺相惜了，全然沒有注意到坐在一旁的施伐柯正一臉微妙地盯著他們瞧……唔，可甜和三哥果然有情況啊。

「家裡那幾個臭小子都說我偏心，可是臭烘烘、泥裡打滾的臭小子能和香噴噴的寶貝閨女比嗎？」施長淮一拍桌子，大聲道。

「可不是嘛，我家裡爹娘也比較喜歡妹妹多一些，兒子畢竟摔摔打打不要緊，女兒便是要好好疼著的。」賀可鹹面不改色地點頭附和。

施大哥和施二哥默默對視一眼，知道爹這是又醉了……爹酒量淺，兩杯下肚就醉了。一醉，話就多。莫名有點敬佩還能面不改色地陪爹聊天的賀家兄弟呢。

陶氏揉揉額頭，伸手拿下了施長淮手裡的酒杯。施長淮雖然有些管不住嘴，但神智還是十分清楚的，陶氏跟他下過規矩，喝酒最多一次一盅，遇到高興的事情不能超過兩盅。

這會兒可不剛好兩盅嘛。於是他乖乖讓陶氏拿走了手上的酒杯，換了水喝。

施長淮繼續和賀可鹹各種花式吹捧自己的閨女，賀可鹹也十分識趣地捧著場，兩人你來我往的竟然聊得十分投契。

施伐柯只在最開始的時候有些驚詫，後來就麻木了，轉而饒有興致地開始觀察起可甜和三哥的互動，只是內心對賀大哥崇拜她爹的程度有了一個全新的認知……那是絕對完全的盲從啊！

陶氏自然和她那粗神經的閨女不同，她瞥了一眼認真地陪著囉哩叭唆的施長淮吹捧阿柯的賀可鹹，眼中透了絲了然，然後又有些感慨，阿柯也長大了啊！

已經有臭小子盯著了。

她又有些好笑地看著那拉著賀可鹹聊得十分投機的施長淮，若他知道眼前坐著的是個覬覦著他女兒的大尾巴狼，還能聊得如此開懷？

賀可甜和施三哥惺惺相惜完，忽然察覺到身邊有一道不容忽視的視線在盯著她瞧，她忍不住打了個寒顫，側過頭便看到了正巴巴地看著她的施伐柯。

「妳看我幹什麼？」賀可甜愣了愣，隨即揚起下巴道。

「……沒什麼。」施伐柯正在琢磨著如果三哥和可甜當真兩情相悅的話，她便也只能幫幫他們了呢，但顯然現在不是說這話的場合，一個搞不好就會火上澆油。

作為媒婆，施伐柯對此可是很有心得經驗的，施伐柯很自信地想。

「我可是還在生氣呢。」賀可甜輕哼一聲，不滿地道：「妳和我認識多久了？妳和朱顏顏才認識多久？妳竟然幫著她來欺負我？」

說著，還是氣不平，又氣呼呼地瞪了她一眼。

當時她可是氣得回家寫了三十張大字，寫得手腕都提不起來了！

喂喂，到底是誰欺負誰啊？分明是妳莫名其妙跑上來惡意滿滿地撞了朱顏顏一下，才會打碎了金滿樓裡的東西，結果妳和沈桐雲竟然一搭一唱地想要壓著朱顏顏一個人來賠，哪有這種事情！

不過，施伐柯當然知道這話賀可甜是聽不進的，甚至還可能讓她惱羞成怒。於是，她笑了笑，十分光棍地道：「誰讓她請我做她的媒婆呢，我賺著她的銀子可不得護著她嘛。」

嗯，這話沒毛病。

賀可甜氣得目瞪口呆，「妳是掉進錢眼了嗎？」

「不僅僅給了我銀子，還支持了我鍾愛的媒婆事業呢。」施伐柯說得煞有介事。

「有什麼了不起，我也可以請妳做媒啊。」賀可甜眼睛一轉，忽然順勢道。

她可是打聽到柳葉巷的房子沒有退租，可見臨淵先生參加完他大哥的婚禮之後還會回來的，一事不煩二主，此時先同阿柯打了個底，以後便好說了。

施伐柯聽了這話有些吃驚……這就請媒了？

她原先倒是跟三哥講過肥水不落外人田，若要找媒婆一定要找她……可是她沒有料到最後不是三哥開口托媒，竟然是可甜先開了口。想到這裡，施伐柯忍不住悄悄瞪了坐在斜對面的三哥一眼，目光中帶著赤裸裸的譴責和鄙視。

施三哥被她瞪得莫名其妙、一頭霧水，他這是……又哪裡得罪她了？

施伐柯瞪完一臉問號的三哥就收回了視線，頗有些感慨地想著，可甜向來心高氣傲，誰料她竟然就對三哥死心踏地了呢，這可能便是所謂的一物降一物吧！

只是即便可甜和三哥兩情相悅，這門婚事也還是存在著不小的難度，首先是有可甜她哥這隻攔路虎，從先前賀大哥對她三哥的態度來看，顯然是極不滿意這門親事的……然後還有一個更為嚴峻的問題，這個問題直接關係到施家三兄弟至今一個都沒有娶親的原因。

……原因就是她爹了，她爹施長淮開著銅鑼鎮最大的當鋪和地下錢莊，是個兇殘之名在外的男人，小時候懾於她爹的凶名，她也算是橫行銅鑼鎮無人敢掠其鋒芒，與此相對的……也沒有小朋友敢和她交朋友，她長這麼大，也就那麼寥寥幾個朋友……

而且都說抬頭嫁女，低頭娶媳，先前她還猜測著賀家會讓可甜嫁去京城呢，雖然可甜堅決否認了，可是婚嫁這種事情大多是父母之命，媒妁之言……誒？父母之命，媒妁之言？說起來賀可甜她爹娘出去遠遊也很久了呢……該回來了吧？

施伐柯想到這裡，忽然有了主意。

「阿柯？阿柯？」賀可甜說完那句話心裡正忐忑呢，結果施伐柯半天不說話，竟然就在她眼皮子底下發起了呆，不由得有些惱羞成怒，她伸手在她面前晃了晃，壓低了聲音道：「跟妳說話呢，發什麼呆啊！」

施伐柯回過神來，神色有點複雜地看著她，「說什麼？」

「說要請妳做媒啊。」賀可甜抬抬下巴，低聲激將，「怎麼，不敢？」

「當真？」施伐柯確認。

「當真。」賀可甜點頭。

「那一言為定。」施伐柯抬起手，要擊掌為誓。

「幼稚。」賀可甜翻了白眼，卻很快將自己的手往她的手上一拍，「一言為定！」

施伐柯見她如此乾脆地與她擊掌為誓，心下暗暗歎息，可甜果然對三哥真心一片啊，連矜持都拋到一邊不管了，既然她都已經開口請了媒，那不管有多困難，她肯定也要盡力為她一試的，於是給了她一個安心的笑容。

賀可甜想著施伐柯還是有點本事的，畢竟朱家的親事那麼難她都說成了，而且她和臨淵先生又算相熟，這件事交給她定然沒錯，於是也回了她一個笑容，兩個姑娘相視而笑。

「阿柯和可甜的感情真好呢。」施長淮點點頭，贊許道。

「是啊。」賀可鹹一臉贊同地點頭。

施伐柯：「……」爹，你真的醉了。

賀可甜：「……」哥，你這樣睜眼說瞎話真的好嗎？

陸家送聘和迎親的盛況成了銅鑼鎮人津津樂道的話題，而說成了這門親事的施伐柯也因此聲名大噪，一時之間請媒之人絡繹不絕，很是讓施伐柯嘗到了大媒的甜頭。

那日在盛興酒樓吃過飯之後，賀可甜便和施伐柯又和好了。其實自從知道要和朱顏顏成親的人不是臨淵先生之後，賀可甜便不怎麼生氣了，畢竟當日她上去找碴，也是誤以為臨淵先生要和朱顏顏成親了……只是她生氣生了那麼久，也不好立時服軟，不得找個臺階下嘛。

盛興酒樓那頓飯便是很好的臺階了，而且她們這話說著說著，她竟然還順便請了施伐柯做媒。

既然已經開了這個口，為了確保萬無一失，賀可甜便急於和施伐柯修好，因此最近賀可甜來施家來得很勤，勤到施家所有人都察覺到了反常，唯獨施伐柯仍舊十分淡定，因為她覺得自己已經對賀可甜的小心思瞭若指掌。

無非是打著找她玩的幌子來見三哥罷了……

晚間，忙碌了一日的施家人坐在一起用晚膳，便見餐桌上多了一道粉蒸丸子。

「這是可甜帶來的，說是他們家廚娘新做的菜。」施伐柯夾了顆粉蒸丸子，咬一口，又糯又香，眼睛都眯起來了。不得不說，賀家那個廚娘手藝是真的不錯呀！

「賀家那個小姑娘……最近是不是來得勤了些？」施長淮忍不住道，說完自己都愣了。這話……怎麼這麼似曾相識呢，彷彿他曾說過這話似的。

「這算什麼，上一回賀家妹妹還日日來陪阿柯下棋呢。」施三哥也夾了一個粉蒸丸子，吃得很是中意的樣子，「她們小姑娘嘛，就是一會兒好一會兒吵的，前些日子恨不得老死不相往來，這會兒又好得蜜裡調油似的，正常。」

施伐柯意味深長地看了施三哥一眼，「三哥倒是很懂的樣子嘛。」

施三哥被她看得愣是起了層雞皮疙瘩，他咽下口中的粉蒸丸子，有些受不了地搓了搓手臂，「阿柯，我最近沒有得罪妳吧，妳能不能不要用這麼嚇人的眼光看著我，我害怕！」

總覺得彷彿在算計著什麼似的……

施伐柯哼了哼，拒絕和沒有擔當的三哥講話。如果不是自家哥哥，她一定會鄙視他，竟然讓可甜一個姑娘家開口托媒，真是太不懂事了！

雖如此，施伐柯自認是個負責任的好媒婆，她既然應了可甜的托媒，那自然便會全力以赴……她一直沒有動作，不過是在等一個契機。

而這個契機很快就來了。

出門遠遊的賀老爺和賀夫人終於回來了，施伐柯在他們回來的第二日便登門拜訪了。

賀夫人是個美人，本姓周，家中開著一個小小的豆腐作坊，因為美貌非常，在家做姑娘時被人稱作「豆腐西施」，年輕時可是銅鑼鎮出了名的美人兒，容貌更甚於陶氏，兒子賀可鹹的長相便是隨了她。

賀老爺卻生得尋常，面目平凡得很，但他有錢啊，因此娶了鎮上最美的姑娘。當時還是托了施伐柯的外祖母做的媒，一拍即合。

人人都說賀老爺娶了賀夫人是貪她貌美；人人都說賀夫人嫁給賀老爺是貪他財多，賀老爺卻是一點不生氣，還笑呵呵地道這便是「郎財女貌」，豈非天作之合？也有人並不看好他們，畢竟以色侍人，焉能長久？然而事實上賀老爺和賀夫人真真正正長久了一輩子，打腫了不少人的臉，賀老爺雖然家中豪富，但他一生只守著賀夫人一人，從未動過納妾之心，甚至心疼賀夫人生產辛苦，在她誕下賀可甜和賀可鹹這對雙胞胎之後，便道兒女雙全，此生足矣，再不肯讓賀夫人受這苦楚。

賀可鹹青出於藍而勝於藍，頗有商業天賦，在賀老爺的循循善誘之下，十三歲便開始接觸家中的生意，十五歲基本便能掌握了裡頭的門道，再往後便越發的精通起來，賀老爺喜得直呼後繼有人，因只得這一雙兒女，賀家也沒什麼爭搶家財的齷齪事……於是賀老爺乾脆俐落地將家中的生意俱交託於兒子，便帶著賀夫人出門遠遊去了。

據說是某一日午後，賀老爺無意中翻開詩集，恰好看到了那句「商人重利輕別離」，心中頓時感慨萬千，想起自己年輕時忙於家中生意，冷落了夫人，心中著實愧疚難安，如今兒子能掌事了，便想著要好好補償對夫人的虧欠，畢竟話本裡不是也寫，待他日瑣事都放下，便許你浪跡天涯嘛。

待賀可鹹被瑣事煩得脫不了身之後……才知道被自己親爹坑了，然而已經遲了。

這廂，賀老爺和賀夫人風塵僕僕地回了家，泡了個熱水澡，吃了頓熱呼呼的飯，然後美美地睡了一覺，早上起來更是容光煥發。

「外面的風景固然美好，看久也是膩味，還是不如家裡自在啊！」用過豐盛的早膳，賀夫人一邊散步消食一邊感歎。

「那這次我們在家裡多待幾日，可鹹出去收賬至少得半個月才能回來呢。」賀老爺扶著賀夫人，笑咪咪地道。

「好呀！」賀夫人快樂地點頭，賀老爺頓時覺得自己夫人真是一如既往的可愛。

咳咳，要問他們為何連回個家都要避著兒子，那是因為這一次他們出門遠遊是有著更深層次的原因的……問題就出在那次拋繡球招親上。

主意是可甜想的，賀夫人也覺得拋繡球招親這一招真是新鮮又有趣，她年輕的時候怎麼沒想到這麼玩呢，賀老爺一聽夫人女兒都想玩，當然就同意了。

但是同意歸同意，賀老爺很識相地明白兒子回來是一定會怪罪的，又知道兒子向來有主見，便趕在兒子回來之前趕緊帶著他娘溜了……咳不對，是出門遠遊了。

施伐柯來時，賀老爺和賀夫人正在廚房裡折騰新的吃食，廚娘都被趕出來了。

賀夫人喜好美食，家中的廚娘便是賀夫人在一次遠遊的途中尋到的，賀夫人不僅僅善於品嘗美食，於廚藝一道也很有天份，這次她和賀老爺在遠遊途中吃到了一種十分美味的小點心，賀夫人特意跟人家學了，賀老爺這會兒便有些饞這一口……這不，賀夫人正親自下廚呢。

聽到有人拜訪，兩人便雙雙從廚房走了出來，賀夫人手上還沾著麵粉。

「這不是阿柯嘛！」賀夫人看到施伐柯很高興，「妳是來找可甜的吧，可甜不在家，去找沈家丫頭玩了。」

施伐柯甜甜一笑，「不是，我是來給可甜說親的。」

賀老爺和賀夫人俱是一驚，然後便是大喜，也顧不上先前計畫著要做小點心的事了，趕緊洗了手，然後拉著施伐柯去了堂屋。

「是誰相中了我們可甜？」賀夫人眼睛亮閃閃地問。

「賀夫人，說來有些不好意思……」

「妳這孩子，怎麼跟我這麼生疏，叫伯母。」賀夫人打斷了她的話，嗔道。

施伐柯便乖乖改口叫了一聲「伯母」，按說就拿她和賀可甜的關係來說，叫一聲伯母也是應該的，可是事實上，因為賀家這兩位伯父伯母常年出門遠遊，她見過他們的次數……也是屈指可數的。

「快跟伯母說說，是怎麼回事？」賀夫人拉著施伐柯的手，迫不及待地問，「是誰相中了我們可甜？」

「說來有些不好意思，我是替我三哥來說親的。」施伐柯說出這句話的時候，心情略有些忐忑，畢竟上回替陸二哥來提親的時候，她可是被賀大哥噴得灰頭土臉，不過比起難纏的賀大哥，賀伯伯和賀伯母顯然要和藹可親多了。

施伐柯打的便是這個主意，都說父母之命，媒妁之言，她直接來同賀伯伯和賀伯母提親，應該會比較容易溝通，且是再名正言順不過的。

「你家三哥？」賀伯母想了想，「可是叫施重海，我記得是個讀書人？」

「是，我三哥在讀書，他拜了一位隱世的大儒為師，前些日子剛剛遊學回來。」施伐柯偷偷地拐著彎誇了誇自家三哥。

「哎呀，這麼出息啊。」賀伯母連連點頭，滿意之情溢於言表，「我喜歡讀書人。」

一聽這話，一旁本來表情平和的賀老爺立刻把臉拉得老長，「讀書人有什麼好，仗義每多屠狗輩，負心多是讀書人。」

賀伯母懂，這是吃醋了，可是這醋吃得莫名其妙，她這是挑女婿又不是挑相公，於是默默白了他一眼。

「是是是，賀伯伯說得也有道理，不過我三哥之所以有機會拜那大儒為師，原是因為他於繪畫一道頗有天賦，他勤學苦練，這幾日將畫作掛在鋪子裡售賣，一幅畫也差不多能賣個幾百兩銀子呢。」施伐柯趕緊笑著打圓場，又努力地誇了誇自家那個不大正經的三哥。

事實上，他之所以把畫放在鋪子裡售賣……是因為他快窮瘋了！之前他可是死都不肯賣畫的。

這裡面還有一段典故……據聞早前三哥對自己的畫技很有自信，有一日同二哥開玩笑說要將畫放在自家鋪子裡出售，看看價值幾何，二哥說價值十兩。

彼時，天真的三哥也挺美滋滋的，後來那幅畫竟然賣到了一百兩，他便更美滋滋了，覺得自己果然畫技出眾，很有天賦了。結果有一日，二哥十分激動地回來了，說撿了個大漏，有人在鋪子裡當了一幅臨淵先生的畫，價值千兩！三哥當時就崩潰了，憑甚這臨淵先生的畫能值千兩，他的畫在二哥口中便只值十兩？虧他先前還美滋滋的！於是鑽了牛角尖，再不肯賣畫了。

賀老爺不知道這裡的彎彎繞繞，聽了這話，臉色一下子緩和了下來，出於商人本性，他琢磨了一下，一幅畫能賣幾百兩，可比他賣喜餅要好賺啊，這女婿認下不虧。

施伐柯見賀老爺臉色緩和了下來，心裡暗暗鬆了口氣，昧著良心誇完自家三哥之後，她話音一轉，又開始滔滔不絕地誇可甜，「我娘特別喜歡可甜，說可甜溫柔賢淑，又會琴棋書畫，常常感歎到底還是賀伯母會養女兒呢。」

賀夫人一聽，心裡美滋滋的，可是美過之後，又開始有些心虛起來，自家閨女是個什麼德行別人不知道她還能不知道？眼高手低、脾氣暴躁，心眼還多，端著一張大家閨秀的臉，實際上……嗯，簡直一言難盡。

「我也知道想求娶可甜的人家有許多，我三哥也算不上出眾，原本我是不大好意思上門的，還是我三哥央我，我這才上門一試的，還望賀伯伯、賀伯母不要將我打出去。」施伐柯斟酌著笑道，面上看著坦然，心裡卻是有些發虛的。

畢竟上一回來說親，她可是差不多被趕出來的。

這事兒難就難在明明三哥和可甜是兩情相悅，但她不能這麼講啊……這已經屬於私相授受的範疇了，說出來只會壞事，也會壞了可甜的名聲，她也不能講是可甜自己托的媒，畢竟一個姑娘家給自己托媒……這姑娘的爹娘若是知道了應該、可能、大概，會不太高興……吧？

正心裡七上八下的時候，賀夫人忽然一臉嚴肅地站了起來。

施伐柯只當她要端茶送客了，心弦一下子繃緊，卻見賀夫人轉身從櫃子裡翻出了一本黃曆，拉著賀老爺便開始翻看起來。

「我看八月初七不錯。」賀夫人翻看了幾頁，道。

「嗯，我也覺得不錯。」賀老爺點頭。

「那就八月初七吧。」賀夫人抬頭看向施伐柯，「阿柯妳看成嗎？」

「啊？什……什麼？」施伐柯一時沒有反應過來，結巴了一下。

「婚期啊，就定在八月初七吧。」賀夫人一臉認真道。

啊？剛剛發生了什麼……怎麼就連婚期都定好了？

施伐柯張了張嘴，好半天才找到自己的聲音，「呃……是不是太急了？」

「不急，我原本打算定七月的，但是時間太趕，怕是來不及。」賀夫人一本正經地翻了手中的黃曆給她看，「八月初七是個好日子，妳看，宜嫁娶，是大吉之日。」

「不是……你們都不用再考慮一下的嗎？」施伐柯看了一眼黃曆，有些艱難地道。

作為媒婆，她第一次遇到這種情況，果然還是經驗不足啊！如果是娘的話，肯定就知道怎麼辦了！果然娘說得對，她還是見識少，不能因為辦成了一樁婚事就沾沾自喜，她還需要修行！

「不用考慮了，伯母相信妳。」賀夫人給了她一個溫暖又鼓勵的笑容，然而施伐柯並沒有被鼓勵到，她甚至又開始自我懷疑了……

不用這麼相信我的！妳說得我都開始不相信自己了啊！如果不小心坑了可甜，那她可是要內疚一輩子的啊……畢竟她三哥實際上也並不怎麼靠譜啊……

許是施伐柯的表情糾結得太過明顯，賀夫人「噗嗤」一下笑出聲來，她上前拉著施伐柯的手，輕輕拍了拍，笑咪咪地道：「妳不知道吧，我和妳賀伯父當年還是妳外祖母做的媒，我們一輩子和和美美要感謝妳外祖母，當初可沒有人看好我們……」賀夫人說到這裡，表情十分感慨，然後又道：「妳娘也是個好媒婆，伯母相信妳也是個好的。」

於是，賀可甜和施重海的婚事就這麼拍板定下了。

施伐柯手中拿著賀可甜的生辰八字暈乎乎地走出賀家大門的時候，整個人還處在一種強烈的不真實感中。

這就……成了？出乎意料的順利。

待暈乎乎的不真實感過去，施伐柯再三確認了手裡的庚帖是真實存在的，整個人一下子都神采飛揚了起來，她這是被先前陸池和朱顏顏兩個人一波三折的婚事給折磨傻了吧，難得碰上一樁這麼順利的，竟然一時都不敢相信了。

唏噓了一下婚事艱難的陸二哥，施伐柯認真將可甜的庚帖收好，腳步輕快地往回走，因著心情愉悅，只覺得眼前事事皆美好。

天氣是晴朗的，陽光是明媚的，連迎面拂來的微風都透著和煦的味道，街道上沿街叫賣的小販和歡呼著跑過的孩童都是溫馨的人間煙火！

施伐柯美滋滋地琢磨著這回她這麼俐落地辦成了這件事，回頭定然不會和三哥客氣，一定得向他要一個厚厚的媒婆紅包，畢竟三哥最近賣畫很是發了筆小財呢！

經過金滿樓的時候，施伐柯想起朱顏顏之前贈予她的貴賓卡，便打算進去看看之前爹給娘看中的那套頭面。

一進門，便發現金滿樓的掌櫃換人了，站在櫃檯後面的不是原先那個總是笑咪咪一臉和氣生財的老掌櫃，而是換了個面孔……且這掌櫃還是個熟面孔，不是旁人，正是沈青。

呃，雖然他一直是金滿樓的掌櫃不假，可是他之前不是很少在金滿樓露面的嗎？

顯然看到沈青坐在櫃檯後面驚訝的不只施伐柯一人，那廂正有一對夫婦來看首飾，看到沈青十分驚訝，便聽那男人上前問道：「今日怎麼是東家親自來了？」

「我不是東家，就是個掌櫃。」沈青摸了摸嘴邊兩撇小鬍子，笑著招呼，「兩位要看些什麼？」

「不是……怎麼會是掌櫃呢，不一直是東家嗎？」那婦人下意識問了一句。

她相公輕咳一聲，趕緊拽了拽她。

「無妨，我先前替東家管著不止一家鋪子，因此有些忙不過來，便安排了一個代掌櫃在鋪子裡看著，這不，前些日子我們東家將金滿樓作為聘禮送給新入門的兒媳婦了，東家擔心底下人做事不用心，就讓我先來這裡鎮著。」沈青毫不介意地笑著解釋。

事實上，他也是被迫。他多想學自己之前的那任掌櫃，直接辭去一切事務，無事一身輕，告老回寨子裡去安享晚年，可是大當家不同意啊！非說他一身經商的本事回寨子裡太埋沒了，非得留他在銅鑼鎮打理此處的庶務……呵呵，大當家還真是一如既往地小肚雞腸啊，他都已經娶妻生女，年過半百了，就算以前對他夫人有什麼想法，這會兒也早就放下了，何必防賊似的防著他呢。

至於他為何坐在這裡，主要也是為了提醒七娘和桐雲，做人不要忘本。

想起妻女，沈青便是心下一片沉重，夫妻這麼多年，作為枕邊人，他到如今才發現竟從來沒有看明白過七娘……往常她提起夫人都是一臉的感恩和愛戴，如今看來竟是將夫人恨到了骨子裡。

「聘禮？這麼大一家鋪子？」那婦人露出一個大吃一驚的表情，隨即緩了緩彷彿想起什麼來了，又神秘兮兮地道：「你東家該不是姓陸吧？前些日子迎娶了朱家大小姐的那戶人家？」

沈青笑著點頭：「正是。」

「哎呀！那豈不是說這鋪子如今姓朱了？」那婦人一驚一乍地道。

沈青摸著小鬍子笑而不語，正這時，他注意施伐柯走了進來，正往這裡看呢，便對這對夫婦露出了一個抱歉的表情，「你們先看看可有什麼稱心的，我去招呼旁的客人。」

「您忙您忙。」那婦人的相公忙道。沈青欠了欠身，轉身走了。

「不過是個掌櫃，你同他客氣什麼。」身後，那婦人小聲抱怨了一句。

「婦人之見，沈青什麼人，就算他是個掌櫃，那也是個人物。」她相公低斥了一聲。

沈青耳力不錯，聽了這話也只是一笑而過，他迎向了施伐柯，笑著招呼道：「施姑娘來了，要看首飾嗎？」

施伐柯是認得沈青的，因為二哥不止一次提過他，可是她沒有想到沈青竟然能叫出她姓什麼，一時有些驚訝，「沈掌櫃，您怎麼認得我？」

「先前不是見過嘛。」沈青笑道。

施伐柯想了想，先前確實見過，便是這位沈掌櫃親自押送聘禮去柳葉巷那回，只不過當時他正和陸伯父說話，她便沒有上前打擾，想不到這位沈掌櫃竟然會記得她。

不曾多想，她道：「我想看看最近新出的頭面。」爹先前說過，他看中了一款新出的頭面，打算攢了銀子給娘買的。

「整套的頭面都在二樓，您隨我來。」沈青作了一個請的手勢。

……這是沈掌櫃要親自招待她啊，施伐柯有點受寵若驚，莫不是因為她有貴賓卡？

上到二樓，施伐柯看了看，最後在一套金鑲寶的頭面前站住了，金滿樓大師傅的累絲工藝十分嫻熟，整套頭面華麗而不失靈動，尤其那支玉葉金蟬的簪子，簪首處活靈活現的金蟬立於脈絡分明的玉葉之上，實在是逗趣又惹人喜愛。

只是看這樣子價格肯定也不會低就是了，施伐柯在心底默默算了算自己的荷包，若是用上顏顏給的那張貴賓卡，買下這套頭面應該也綽綽有餘了。

「就這套吧。」施伐柯側頭看向站在一旁的沈青，指著那套頭面問：「沈掌櫃，這套要多少銀子？」

沈青看了一眼她腕上那只眼熟的玉鐲，微笑道：「三百兩，大少夫人交代過您是貴賓，打折下來一百五十兩就成。」

便宜得出乎想像！施伐柯滿意極了，她結過帳，又謝過沈青，這才心滿意足地抱著包裝精美的首飾盒回去了。

沈青站在門口，面帶微笑地目送施伐柯離去。

「掌櫃……那套頭面那個價格，可怎麼入帳啊！」一旁，小夥計苦著臉道，一百五十兩，往誇張的說，這價格和白送有什麼區別？

「知道這鋪子姓什麼嗎？」沈青斜睨了他一眼。

「陸！」小夥計精神一振，忙不迭地回答。這題可不能答錯，這是掌櫃這段時間緊急培訓的，先前聽了掌櫃夫人和小姐的話，參與了先前調包陸大少爺聘禮事件的夥計全都被辭退了，包括原先的掌櫃。敢調包東家少爺的聘禮……可不是找死嘛。

「這位施姑娘是你們東家二少爺交代了要好好招待的人。」沈青輕飄飄地道。

小夥計一愣，隨即十分上道地點頭，「懂了，入二少的賬！」

沈青摸著小鬍子點頭微笑，一副孺子可教的表情，小夥計立刻跟打了雞血一樣去了。

施伐柯自然不知道她自以為撿了便宜的東西其實是記在了陸池的賬上，她美滋滋地回到家，趁著爹娘還沒有回來，將包裝精美的首飾盒放在了娘的梳粧檯上，然後轉身關上房門離開。

深藏功與名。

也許是因為陸池那座難以逾越的高山不在銅鑼鎮的緣故，施伐柯的媒婆事業簡直蒸蒸日上，有了一往無前的勢頭。

施伐柯拿了賀可甜的庚帖回家之後，便立刻去合了他們的八字，得出的結果乃是天作之合，是上上等的姻緣……好兆頭啊！

合好八字，施伐柯便將三哥和可甜的事情跟爹娘講了，這兩日施長淮與陶氏正是蜜裡調油的時候，聽了施伐柯的話，陶氏扶了扶鬢角處那只玉葉金蟬的簪子，神色溫柔道：「想不到竟是三兒頭一個定了下來……可甜那丫頭，當真看中了三兒？」

話裡隱隱透著些懷疑，畢竟賀家那個小姑娘也算是她看著長大的，平日裡也不曾看出她對三兒有什麼啊……

「嗯，賀伯伯和賀伯母說婚期就定在八月初七。」施伐柯道。

「這麼快？」聽了這話，饒是做媒經驗老道的陶氏都是一愣。

賀家那對夫妻，還真是幾十年如一日的令人琢磨不透呢……可要說他們不靠譜吧，家裡的喜餅鋪子是蒸蒸日上，夫妻亦是和和美美，但這做出來的事一出出的怎就讓人看不明白呢……

「管他呢，兒女自有兒女福，阿柯做事向來有分寸，這事兒就交給阿柯辦吧。」施長淮拍拍陶氏的手，道。

陶氏一想也是，最近阿柯是長進多了，於是點點頭，暫且將心裡的疑慮放下了，對施伐柯道，「嗯，那便聽妳爹的吧。」

施伐柯嘿嘿一笑，極有眼色地退下了。

賀可甜最近一直忙著安慰深受打擊的沈桐雲，對於沈桐雲最近的鬱鬱寡歡她也是十分理解的，畢竟當了十多年的大小姐，突然有一日告訴她金滿樓不是妳家的，妳爹不過是個掌櫃……這一時也的確是難以緩過來的，且這世道人情冷暖，錦上添花者眾，雪中送炭者卻向來鮮有之。

先前金滿樓家大業大，圍著沈桐雲這個東家大小姐阿諛奉承的人自是不少，可是這會兒聽聞沈桐雲不過是個掌櫃的女兒，並非什麼東家小姐，一個個便都變了副嘴臉，於是這幾日沈桐雲越發的連門都不願意出了。

賀可甜自詡不是那等捧高踩低的人，當然不可能和那群勢利小人一般翻臉如翻書，因此這幾日她幾乎日日去尋沈桐雲說話，免得她一個人在家中悶出病來，一時竟也顧不上剛遠遊歸來的爹娘，這兩日沈桐雲緩過來些了，賀可甜便打算今日不出去了，留在家中綵衣娛親，盡盡孝道，結果卻發現……嗯？爹娘忙忙碌碌的根本沒時間搭理她啊。

再一看，這兩人居然在翻帳本？這是太陽從西邊出來了嗎？要知道自從大哥接手了家中的生意之後，爹完全就是一個甩手掌櫃了啊，生意上的事情是半點不肯沾的，帳本更是碰也不碰的，還美其名曰是「信任」……更別提從來都是萬事不上心的娘了。

這兩人突然一起開始認真的鑽研起家中的帳本……實在是有點驚悚啊，莫不是家裡的生意出了什麼問題？她當不成有錢人家的大小姐了？

「爹、娘，你們怎麼在看帳本，是有什麼問題嗎？」賀可甜頗有些惴惴地問。

「問題？什麼問題？」賀夫人抬頭看了一眼女兒，一臉丈二和尚摸不著頭腦的表情。

賀可甜微微提起的心一下子放了下來，她就說嘛……她哥打理生意怎麼可能有問題，太好了，她還是有錢人家的大小姐。

「好像是有點問題……」賀老爺突然摸著鬍子，蹙著眉頭道。

「……什麼問題？」賀可甜剛剛放下的心一下子又高高地提了起來。

「這生意怎麼越做越大了，盛興酒樓也是咱們家的？」賀老爺一副百思不得其解的表情，「還有京城怎麼又多了兩家分店？」

賀可甜吁了口氣，她就說嘛，她哥怎麼可能有問題！她哥比爹娘可靠譜多了！她還是有錢人家的大小姐！不……她有可能是銅鑼鎮首富家的大小姐了，按她哥這賺錢的速度，說不定將來還能混個皇商當當，到時候她就是皇商家的大小姐了！

咳……重點彷彿被帶歪了。

「爹，娘，你們怎麼突然想起來要看帳本了？」賀可甜一臉奇怪地問。

「在給妳準備嫁妝啊。」賀夫人抬手拉了賀可甜坐下，一臉慈祥地道，「我跟妳爹盤算了一下，除了這些年陸陸續續給妳置辦下來的東西以外，再給妳添兩個鋪子，京城那家綢緞莊也給妳……說起來妳哥怎麼那麼不務正業的，我們家不是做喜餅起家的嗎？怎麼他一會兒做酒樓一會兒做綢緞的……」

賀夫人說著說著，又忍不住開始漫無邊際地絮叨。

「等一下！」賀可甜趕緊打斷了她，抓住了那個一閃而過的重點，「嫁妝？怎麼突然想起來要給我置辦嫁妝了？」

「咦？我沒跟妳說過嗎？妳的婚期就定在八月初七，算算時間還蠻趕的呢。」賀夫人笑咪咪地道。

「什……什麼？」賀可甜一下子瞪圓了眼睛。

「哎呀，妳這孩子怎麼一驚一乍的。」賀夫人被她這大嗓門嚇了一跳，撫著胸口嗔怪了一句，一旁的賀老爺趕緊給她順氣，「可甜，別嚇著妳娘，妳娘膽小。」

賀可甜簡直要被這對不靠譜的夫妻氣樂了，「我才被嚇到了呢！我到底要嫁給誰啊！我連自己要嫁給誰都不知道，妳們就給我連婚期都定下了？」

「哎呀，沖我嚷嚷什麼啊，這不是妳自己托的媒嘛。」賀夫人嗔了她一眼。這事兒她原是不知道的，阿柯那孩子一早還瞞著她，是這回送合婚文書來的時候才說起了這一樁，因為婚事已經定了，阿柯才隱隱透了些出來，聽意思可甜和施家那孩子彼此早就看對了眼，有了默契，連這樁婚事都是可甜自己托的媒。

對此，賀夫人並沒有感到不悅，她反而覺得這是再好不過的事了，畢竟人生漫漫，有什麼能夠比和自己喜歡的人結為連理更開心呢？與其讓心愛的女兒盲婚啞嫁給一個不知品性的人，她當然希望可甜能嫁一個自己中意並且知根搭底的人。

而且施家就在銅鑼鎮上，日後走動起來也方便，賀夫人覺得這樁婚事簡直太合她的心意了，可比先前小姑介紹的什麼京城裡的人家要好多了，果然合婚的結果也是極好的，天作之合，這是上上等的姻緣啊！

賀夫人很相信這個的，當年她和自家老爺合婚合出來的結果就是天作之合，果然你看這不是一輩子和和美美地過來了嘛，這便是天意。

賀可甜聽了賀夫人的話卻是愣住了，她是和阿柯托了媒不假，可是……她都還沒有來得及告訴阿柯她想嫁的人是誰啊，莫非是這幾日在她的旁敲側擊之下，阿柯終於猜到她喜歡臨淵先生這件事了？

「我要嫁的是誰？」賀可甜穩了穩心神，問。聲音裡不自覺帶了一絲希冀，希望施伐柯能靠譜一些。

賀夫人笑了起來，摸了摸自家閨女的頭，「施家老么啊！不是妳自己選的人嘛，怎麼還跟娘裝傻。」

施家……老么？施三哥？施重海？他怎麼就成了她自己選的人了？

賀可甜不敢置信地瞪大眼睛，一臉的錯愕，「誰跟妳講我看中了施重海？施伐柯嗎？」施伐柯果然是一如既往地不靠譜啊！

「哎呀放心，爹和娘都沒有生氣，咱們家不是那等迂腐不開明的人家啊，只要妳中意就好……」賀夫人只當她害羞，畢竟這閨女自小便是個口不對心的，彆扭得很，也不知道這性格是隨了誰。

賀可甜只感覺自己腦門上的青筋一下子蹦了起來，知道跟這不靠譜的爹娘是說不清了，她乾脆轉身，直接出門去找施伐柯了。她要問問施伐柯為何這樣坑她！

青天白日的，施伐柯正坐在院子裡小憩呢，忽然鼻子癢癢，猛地抬起頭，對著太陽打了個大大的噴嚏。

「哎呀別動，我還沒畫好呢。」正站在一旁作畫的施三哥不滿地道。

「打噴嚏怎麼忍得住啊。」施伐柯揉揉鼻子咕噥道。

「快坐好。」施三哥催促道。

「你怎麼還沒畫好啊，我這都坐了半個時辰了，要不你去畫狗勝吧。」施伐柯聽話地坐好，嘴裡卻還在叨叨。

「誰讓妳比狗勝懂事呢，狗勝可耐不住半個時辰不動。」
「……你這是在誇我還是在罵我？」
「誇妳呢。」施三哥極不在意地道。
施伐柯眨了眨眼睛，總覺得哪裡不太對的樣子……想著想著，鼻子又癢了。
「阿嚏！」又是一個酣暢淋漓的大噴嚏，施伐柯揉了揉有些酸脹的鼻子，「哎呀，這是誰在想我啊。」
「妳怎麼知道不是有人在罵妳？」正低頭作畫的施三哥斜睨了她一眼，笑著道。
「哼，我可是最近最搶手的媒婆，怎麼可能會有人罵我。」施伐柯極為自得，說著又不懷好意地看了施三哥一眼，「三哥你可要對我好一點，畢竟你的終身幸福可是握在我的手裡呢。」
「哦？」施三哥抬頭看了她一眼，笑咪咪地道：「此話怎講？」
施伐柯嘿嘿一笑，卻不肯再說了。
她這幾日總是神神秘秘的，看著他時臉上總時不時露出這種令人頭皮發麻的笑容，彷彿背著他幹了什麼大事似的，施三哥輕嗤一聲，正欲開口，便聽「砰」地一聲巨響……
大門猛地被推了開來，賀可甜氣勢洶洶地闖了進來……連門都不曾敲。
「可甜？」施伐柯被這聲響嚇了一大跳，定睛一看來的是賀可甜，這才鬆了口氣，隨即又瞪向施三哥，「三哥你是不是又沒關門！」還好進來的是可甜，若是什麼歹人可怎麼辦？
「這青天白日的妳怕什麼，何況我也在家啊。」施三哥不以為意地道。

「是啊，平生不做虧心事，夜半不怕鬼敲門。」賀可甜呵呵一笑，極為不善地道。

「說得有理。」施三哥煞有介事地點頭。

賀可甜和施三哥對視了一眼，莫名其妙地很有默契。

施伐柯看了看賀可甜，又看了看施三哥，露出了一個極微妙的表情……這果然不是一家人不進一家門嗎？連想法都如此同步了啊。

賀可甜正是神經敏感的時候，一下子看懂了施伐柯曖昧的眼神，她頓時氣到爆炸，先是怒氣衝衝地瞪了施伐柯一眼，然後又瞪向施三哥，遷怒道：「你閉嘴！」

「喂喂，賀家小妹妹，我可沒有得罪妳吧。」施三哥眨巴了一眼，一臉無辜。

「……」賀可甜噎了一下，一時不知道提親這件事到底和施三哥有沒有關係，畢竟先前在盛興酒樓他還幫她解過圍。

但不管如何，她都不宜再與他有什麼瓜葛，於是果斷不再與他糾纏，而是直接瞪向了施伐柯，咬著牙道：「施伐柯，妳跟我出來，我有話問妳。」

施伐柯不明所以地看了自家三哥一眼，施三哥聳了聳肩，表示愛莫能助。

「施伐柯！」賀可甜走了兩步，發現施伐柯沒有跟上來，還在那裡和施三哥大眼瞪小眼，不由得氣道。

施伐柯見她整個人都跟爆竹似的，彷彿一點就要炸，只得先一頭霧水地跟著她走了出去。

「可甜，妳到底要跟我說什麼啊？」施伐柯跟著她走出了自家大門，忍不住奇怪地問。

賀可甜不理她，只一徑往前走，一直走到一個僻靜處，突然就毫無預兆地停下了腳步，施伐柯一個收腳不及，一下子撞上了上去。

「哎喲。」施伐柯趕緊站穩，「妳怎麼突然就停下了，也不打聲招呼……」

正抱怨著，一抬頭，便對上了賀可甜快要噴火的眼睛。

「妳去我家提親了？」賀可甜看著她，直截了當地問。

「是啊。」施伐柯愣了一下，點頭。

「妳跟我爹娘說我要嫁給妳三哥？」

「是啊，怎麼了？」施伐柯眨了眨眼睛，奇怪地問。

「怎麼了？妳還問我怎麼了？」賀可甜氣得跳腳，「妳怎麼能這樣做！」

「誒？不是妳跟我托的媒嗎？」施伐柯一腦袋問號。

「我是托了媒，可是我有說過要嫁的人是妳三哥嗎？」

「不是嗎？」施伐柯呆了呆。

「當然不是！」賀可甜怒氣衝衝地道。

「妳在逗我嗎？妳不是一直中意我三哥嗎？」

「我什麼時候說我中意妳三哥了？」賀可甜氣得快冒煙了。

「那妳那個時候日日來我家尋我下棋是圖什麼？還羞答答地跟我說妳已經有心上人了？」施伐柯眨了眨眼睛，一臉的莫名其妙。

「我是說過我有心上人了，可是我什麼時候說我心上人是妳三哥了？」賀可甜快吐血了，敢情她那些日子忍著煎熬陪這個臭棋簍子下棋，最後竟讓這臭棋簍子誤會她中意她三哥？這算什麼？偷雞不著蝕把米？

她先前是怎麼打算的？

她不過是盤算著若是直接告訴阿柯她的心上人是陸秀才，阿柯定然不會相信，畢竟她先前才親口拒絕了陸秀才的提親，而且信不信是一回事，即便那時阿柯信了也肯定不會願意幫她，畢竟她先前才把陸秀才給得罪慘了，所以她才計畫著告訴阿柯自己已經有了心上人，然後引導著她自己一步一步發現自己的心上人是陸秀才……覺得這樣循序漸進，她應該能夠比較理解她的苦衷，進而願意出手幫她。

結果，這個蠢貨居然以為她的心上人是她三哥？她圖什麼啊！

「呃……不是我三哥嗎？」施伐柯有點傻眼。

「不是！」賀可甜斬釘截鐵地否認，生怕給她留下一點誤會的空間。

「那是誰？」施伐柯想不明白，總不能是她大哥或者二哥吧？畢竟……她都願意忍著煎熬來日日陪她下棋了，連三哥都說她所圖非小，那從常理推斷，她這心上人肯定是她認識並且能夠說得上話的人啊。

賀可甜一看就知道她這是又想歪了，哪裡還敢再瞞著，當下腦袋一熱，聲嘶力竭地吼道，「是臨淵先生！我的心上人是臨淵先生！」

「好啦……我知道我知道。」施伐柯抽了抽嘴角，十分敷衍地道：「我一早知道妳中意臨淵先生啊，可是咱們能現實一點嗎？」

「我怎麼不現實了！」賀可甜不服氣地道。

「妳說妳喜歡臨淵先生哪裡現實了？我到哪裡去給妳找一個臨淵先生來娶妳？」施伐柯一臉頭痛的表情。關於這件事，賀可甜再討好她也沒用啊！

「臨淵先生就是陸池。」賀可甜咬了咬牙，道。

「……什麼？」施伐柯眨了眨眼睛，有些不敢置信地又問了一句。

「臨淵先生就是陸池啊！」賀可甜翻了個白眼，加大聲音重複了一句。

「真的假的？」施伐柯瞪大眼睛。

賀可甜簡直要被她氣炸了，「都這個時候了，妳覺得我會拿這個騙妳嗎？」

施伐柯一下子沉默了。

也是……不過，原來陸池真的就是臨淵先生啊，他的畫也不是贗品啊……

施伐柯沉默了一會兒，忽然覺得有點不太對，她一臉微妙地看向賀可甜，「誒不對啊，如果陸池就是臨淵先生，那麼就是說妳想嫁的人就是陸池了，可是我當時是替陸池上門提過親的啊，妳當時怎麼講的？」

說陸池是癩蛤蟆想吃天鵝肉，說拋繡球招親不過是個噱頭，是他們家喜餅鋪子招攬生意的手段，說她賀可甜怎麼可能就這麼莫名其妙地隨便嫁人……還嫌棄陸池是一個來歷不明的秀才，身無長物，連找媒人下聘的銀子都得去當鋪才能湊齊，甚至派人跟蹤陸池，生怕他會就此訛上賀家。

那時，她實在氣不過賀可甜不守承諾還如此詆毀陸池，便反駁說，他得了繡球按約來提親，並且當掉了身上最值錢的東西以最大的誠意來迎娶妳，有什麼不對？

可是賀可甜是怎麼說？她說，那是因為……他知道一旦娶了她，就是娶了一座金山銀山，這叫捨不著孩子套不著狼。

賀可甜對上施伐柯的眼神，一下子變得有些不大自在起來，「那不是……那不是那個時候我不知道陸公子就是臨淵先生嘛。」

「妳拒絕了陸二哥提親，卻喜歡上了臨淵先生。」施伐柯想了想，卻是越發的莫名了，「妳喜歡的人明明就站在妳面前，妳卻根本認不出來他，那妳喜歡他什麼？只是喜歡他的畫嗎？」

「等等……妳叫他什麼？」賀可甜突然皺了皺眉問，陸二哥？施伐柯居然叫他陸二哥？

施伐柯愣了愣，「呃，陸二哥啊，怎麼了？」

賀可甜看著施伐柯的表情有些微妙了起來，她深深地看了施伐柯一眼，「沒什麼。」

她果斷沒有繼續這個話題，而是用一種嚮往的表情回答了施伐柯先前問她的那個問題，她說：「我喜歡臨淵先生，是因為在我最迷茫的時候，是臨淵先生的畫讓我找到了人生的方向。」

……這麼嚴重的啊。

「什麼畫這麼厲害？」

賀可甜沉默了一下，「一幅仕女圖。」

「誒？可是聽我二哥講，臨淵先生很少畫人物哦。」施伐柯眨巴了一下眼睛道。

「……很少不代表沒有。」賀可甜有些鬱悶地道，她又想起了掛在施伐柯閨房的那張江南煙雨圖，雖然仍是以景為主，但圖中卻有人物。

那張圖，她其實已經覬覦很久了，奈何施伐柯一直不肯鬆口，上次打碎了她的粉彩，雖然賠了一張臨淵先生的畫給她，卻不是那幅江南煙雨圖……明明臨淵先生的畫那麼珍貴，她卻彷彿隨手可得，還自作聰明地誤以為是贗品。

賀可甜想到這裡，心口陡然一塞，她當時沒有多想，如今看來，施伐柯和臨淵先生的關係似乎有點過於親近了啊……這麼一想，賀可甜看著施伐柯的目光不自覺帶上了審視。

「這樣啊……」施伐柯卻是絲毫沒有察覺到賀可甜的目光有什麼不妥，她摸摸下巴，又好奇地問：「妳是什麼時候迷失了人生的方向？」

賀可甜額角青筋一跳，忍住怒火，「這些都不重要，重要的是，現在我和妳三哥的婚事要怎麼解決！」

說起這個，賀可甜些微有些不自在。

她和施三哥啊……原本八杆子都打不到一起的兩個人，施伐柯到底是怎麼想的，怎麼能出這餿主意把他們倆湊到一起，還交換了庚帖，甚至連婚期都定了。

如今要怎麼收場？

施伐柯的表情也有些凝重了起來，是啊，現在確實不是追根究底的時候，她想了想，鄭重其事地道：「這事兒說難也不算難，好在妳我兩家熟識，彼此好說話，既然妳無意於我三哥，那這樁婚事肯定不能再繼續下去了，這門婚事就此作罷吧！」

賀可甜來時又氣又怒，此時聽了這話，倒是恢復了些理智。

說到底這烏龍鬧得……她也有錯。

「施三哥他……知道這事兒嗎？」咬了咬唇，賀可甜有些不自在地問。

「妳放心，他還不知道這事兒呢。」施伐柯撓撓腦袋，「我原是打算給他一個驚喜的，現在嘛……嗯反正還好他還不知道。」

賀可甜越發的不自在了，施三哥上次在盛興酒樓還幫了她呢，結果她剛才還莫名其妙地凶他，想想自己彷彿是有些過分了……她跺了跺腳，對施伐柯撒氣道：「都怪妳亂點鴛鴦譜！」

這都叫什麼事兒嘛！

「是是是，都怪我亂點鴛鴦譜，我這便將庚帖還給妳吧，好在此事並未聲張出去，也無外人知曉，便當一切都沒有發生過吧！」施伐柯揉揉隱隱發痛的腦殼，道。

賀可甜聞言倒是猶豫了一下，她若這會兒就把庚帖討要回去的話，一定會被她娘煩死的……想到娘無理取鬧以及爹無原則護妻的模樣，賀可甜默默打了個寒顫，抬頭看向施伐柯，特別義正嚴辭地道：「不用了，我這會兒拿走庚帖於理不合，庚帖既然是我娘給妳的，妳便親手還給我娘吧……嗯今日不早了，明日吧，妳明日帶著庚帖來我家就好了。」

施伐柯點頭應了，「也行，好在此事還未聲張出去，也無外人知曉，妳也不必憂心，便當一切都沒有發生過吧！」

「嗯。」賀可甜頓了頓，「妳明日來還庚帖的時候，打算怎麼跟我娘說？」
施伐柯一下子明白了她的意思，十分乖覺地道：「……是我弄錯了。」
賀可甜滿意地點點頭，「那便這樣吧，我先回去了，明日見。」
「……明日見。」
賀家的馬車就停在不遠處，賀可甜轉身上了馬車，複又掀開車簾，不放心地叮囑道：「可千萬別忘記明日來還庚帖啊。」
「……知道了。」施伐柯有些鬱悶地道。
賀可甜卻是看起來似乎還是有些不放心的樣子。
「要不，我還是現在就讓妳把庚帖帶回去吧。」施伐柯實在忍不住了，道。
賀可甜噎了一下，終於消停，放下了車簾。
施伐柯目送賀家的馬車遠去，心想她怎麼可能會忘，那庚帖現在就是個燙手山芋啊！
正腹誹著，施伐柯突然覺得背心一涼，猛一回頭，便看到了正倚在大門口似笑非笑地望著她的施三哥，頓時頭皮一麻。
「三哥……你怎麼可以偷聽我們說話！」施伐柯說著說著，本來有點討饒的聲音一轉，突然就理直氣壯了起來，「你什麼時候來的？」
雖然聲音挺大，但這話聽著還是心虛，完全一副色厲內荏的模樣。
……所以三哥到底什麼時候來的，他聽到了多少啊！
「所以，這便是我的終身幸福握在妳手裡？」施三哥挑起眉，幽幽地道。

施伐柯一下子噎住了，「……你都聽到了啊。」她訕訕地笑。

施三哥回了她一個字。

「呵。」

今日晚膳的時候，施伐柯看起來有些奇怪……實在是殷勤得有點過了頭。

「三哥，你吃肉，這肉我燉了好久呢，又軟又糯，可好吃了。」施伐柯笑容可掬地夾了一塊肥瘦相間、色澤誘人的肉放在了施三哥碗裡。

施三哥看了她一眼，「啊嗚」一口吃了。

「三哥，你吃魚啊，這魚肚上的肉比較鮮嫩，而且一點刺都沒有呢。」施伐柯又端著笑臉夾了一塊魚肚上的肉，還認真挑了刺，一副恨不得餵進他嘴裡的狗腿樣。

施伐柯的異樣讓施大哥、施二哥和施長淮頻頻側目。

終於，「啪」地一聲，施長淮忍無可忍地將筷子重重地擱在了桌上，「鬧什麼呢這是！」施三哥毫不受影響地「啊嗚」一口吃了魚肉，這才掀起眼皮看了醋意橫生的老爹一眼，慢悠悠地道：「爹啊，我們兄妹情深，你不高興嗎？」

高興……個屁！施長淮差點罵人，這是兄妹情深嗎？看施重海那副大爺似的模樣……啊不行了他眼睛疼。

「阿柯，妳說。」施長淮放棄和這個不著調的兒子溝通，轉而一臉慈愛地看向施伐柯，「這臭小子是不是又欺負妳了？妳別怕，告訴爹，爹給妳撐腰。」

若是往常，在老爹這樣的循循善誘之下，施伐柯肯定就順勢告狀了，但今日……她心虛啊。

「沒有，三哥沒有欺負我，我看他最近辛苦，都瘦了，心疼。」施伐柯眼也不眨地說瞎話。

施大哥、施二哥和施長淮一下子齊齊看向了那張正吃得歡快的娃娃臉，到底哪裡能看出那張娃娃臉瘦了？

見眾人的目光一下子都聚集了過來，施三哥不緊不慢地咀嚼了幾下，咽下了嘴巴裡的食物，然後幽幽地歎了一口氣，一臉惆悵地道：「是啊，最近都憔悴了。」

「那三哥你趕緊多吃點。」施伐柯一聽，忙又替他盛了滿滿一碗湯。

眾人默默地移開了目光。不行，不能再看了，好想打他。

只有陶氏看了看大爺狀的三兒子，再看看像個丫頭一樣伺候著的閨女，挑了挑眉，彷彿明白了什麼……

晚膳後，施三哥大概也察覺自己已經拉足了仇恨，再不走會挨揍，於是求生欲很強地主動提出要去餵狗勝。

陶氏叫住了準備跟上去的施伐柯，「阿柯，我有話問妳。」施伐柯默默跟著陶氏進了屋子。

「坐。」陶氏看了一眼滿身不自在，彷彿被罰站一樣杵在那裡的施伐柯，道。

施伐柯默默坐下。

「怎麼回事，還不準備跟我講嗎？」陶氏挑眉。

「三哥和可甜的事兒……是個誤會。」施伐柯有點難以啟齒，但一旦打開了話匣子，便一鼓作氣地說了出來。

「所以妳答應了可甜明日就把她的庚帖還回去？」陶氏聽到最後，問了一句。

「嗯。」施伐柯抓著頭髮，百思不得其解，怎麼就能鬧了這麼大一個烏龍呢，簡直是一世英名一朝喪啊！

「行吧，早點解決也好。」陶氏點點頭，沒有再多說什麼。

「娘……我是不是做錯了。」施伐柯看了陶氏一眼，有些惴惴地問。

「既然妳自己已經意識到了，那便學會吃一塹，長一智吧。」陶氏抬手摸了摸她的腦袋，「早點休息。」

施伐柯怏怏地走出了房間，沒有回去休息，而是去院子裡找三哥了，遠遠便見施三哥蹲在狗勝的籠子前面，不知道在搗鼓什麼。

走近一看……便見施三哥正百無聊賴地拿草根戳狗勝玩，一下、兩下、三下……把狗勝氣得脖子上的毛都豎了起來，然後，便見他捂著手「哎呀」一聲，好嘛，終於被發怒的狗勝叼了一口。

若是往常，施伐柯大概會大笑著道一聲活該，但今日嘛……她一臉關切地走了過去，正準備表達一下安慰之情，忽然一愣，她聞到一股酒氣。

「三哥，你喝酒了？」

「嗯。」施三哥捂著手，十分爽快地承認了。

施伐柯下意識吞了吞口水，她也饞酒了呢，三哥這是哪來的酒啊，明明晚膳的時候都沒見他拿出來，這是自己偷偷私藏了酒啊！咳這不是重點，施伐柯趕緊收回了發散的思維……又有些發愁地想，三哥這該不是借酒澆愁吧。

「你的手沒事吧？」施伐柯還是先表達了一下自己的關心。施三哥揚起手給她看了看，手背上只有淺淺的一道紅印子。

「狗勝下嘴還是很有分寸的嘛。」施伐柯順嘴便誇了狗勝一句，然後便對上了施三哥幽怨的視線，她輕咳一聲，忙道：「沒事就好沒事就好……」施三哥輕哼一聲，撇過頭去。

「那個，三哥啊……」

「有什麼事，說吧。」施三哥不鹹不淡地道。

施伐柯看了他一眼，硬著頭皮道：「我打算明日便把可甜的庚帖還回去。」施三哥一下子沉默了。

施伐柯垂下頭，低低地、很是愧疚地道，「對不起啊……」施三哥側頭看了她一眼，忽然低笑一聲，「既然知道對不起我，那就不要把庚帖還回去啊，將錯就錯好了。」

施伐柯目瞪口呆，隨即反應過來趕緊搖頭，把頭搖得跟個撥浪鼓似的。

「三哥，做媒婆得憑良心，我不能這樣做。」施伐柯義正辭嚴地道。

施三哥沒有說話，他垂眸看著籠子裡沒了他的騷擾正愜意地啄著米粒的狗勝，半張臉埋在陰影裡看不真切。

「三哥……天涯何處無芳草啊，銅鑼鎮好姑娘還有很多呢，你的婚事我一準放在心上。」施伐柯一看這情緒又不大對了，趕緊安撫道。

施三哥還是沒說話，只是肩膀輕微地抖了抖，施伐柯一看，誒這該不是哭了吧！

「三哥，強扭的瓜不甜啊……」施伐柯苦口婆心地勸。

施三哥的肩膀卻是抖得更厲害了，施伐柯一看揪心了，趕緊絞盡腦汁地想辦法安慰他，好不容易組織好了詞語，忽然覺得他肩膀抖動的頻率似乎有些不對啊……探頭一看，呵！好嘛！這傢伙笑得牙花子都出來了！

施伐柯磨了磨牙，忽然仰頭大喊一聲：「爹！三哥他欺負我！」

施三哥猛地僵住，一臉不敢置信地看向翻臉比翻書還快的施伐柯，然後便看到他爹提著一根大棒子氣勢洶洶地走了過來。

救命！

施家小院裡，很快響起了慘絕人寰的嚎叫聲，久久不散，直至陶氏出來壓場……這場混亂才算平息了下去。

「都鬧什麼呢，不看時辰的嘛。」陶氏拿手指虛虛地點了點挑事兒的施伐柯，然後看向施長淮，「早點歇著吧。」

嗯，聲音比以往柔了八度，看來那套頭面的餘溫還沒過。

陶氏發了話，施長淮爽快地扔了大棒子，乖乖跟著陶氏進屋了。

施伐柯摸摸鼻子，一回頭便對上了施三哥黑幽幽的眼睛……莫名有些心虛起來，又怕施三哥趁爹不在使壞報復，趕緊轉身跑了。

一路小跑回房間，才剛剛坐定，便聽到有人敲門。

施伐柯打開門一看，三哥？

嚇得立刻便要關門，誰料說時遲那時快，施三哥的手已經伸了進來，撐住了門。

「三哥，你想幹嘛……我可是會大叫的！」施伐柯色厲內荏道。

「我能幹嘛。」施三哥推開門，大搖大擺地走了進來，晃了晃手裡的酒壺，「我有酒，妳要喝嗎？」施伐柯眼睛一亮，下意識便吞了吞口水。

施三哥隨手將酒壺擱在桌上，然後一屁股坐了下來，變戲法一樣從懷裡掏出兩只酒杯，「來吧，陪我喝一杯。」

……連酒杯都帶了啊。施伐柯簡直歎為觀止。

施三哥掀起眼皮看了一臉饞相的施伐柯一眼，拿起酒壺，手一抬，清冽冽的酒液便從壺口傾洩而出，叮叮咚咚地落入酒杯，那聲音，聽著便是說不出的誘人。

施伐柯饞酒可是饞了許久，自那次在盛興酒樓喝醉過之後，便再也沒有嘗過一滴酒，這會兒腹中酒蟲蠢蠢欲動，不由得再次吞了吞口水。

「不喝嗎？」施三哥舉起杯子。

怎麼可能不喝！施伐柯果斷放下恩怨，接過酒杯……一杯下肚，只覺得整個人都滿意了。施三哥十分大方地又給她滿上了。

兩杯下肚，已是飄飄欲仙。

「還喝嗎？」施三哥微微一笑，溫柔可親地問。

施伐柯眨了眨迷茫的醉眼，很是乖覺地搖頭，「不喝了……不能喝了，明天還有重要的事情要做呢……我答應了可甜要去……還庚帖……」話音未落，她已經趴在桌上睡著了。

看著趴在桌上睡得呼呼作響的施伐柯，施三哥輕笑一聲，將她扶到床上，給她蓋上了一層薄被，這才轉身走了出去。

臨走，順手把桌上的酒壺和酒杯也帶走了。

嗯，不留後患是美德。

剛帶上房門，施三哥一回頭便看到了站在外頭的施重山，不由得訕訕地笑了一下，「二哥，怎麼這麼晚還不睡？」

「你不是也沒睡？」施二哥挑眉看著他，「你和阿柯今天晚上怎麼了？看起來怪怪的。」

「沒什麼，那丫頭大概難得良心發現吧。」施三哥不是很有誠意地道。

施二哥默默地看了他一眼，忽然動了動鼻子，臉上一變，「你身上怎麼有酒味？你給阿柯喝酒了？」

「放心啦，我有分寸的，就一杯。」施三哥比了個一字，作了一個有點無奈的表情，「你知道她有多饞酒的啊，央求了我很久呢。」

施二哥狐疑地看著他，總覺得似乎有哪裡不妥，但又說不出來到底是哪裡不妥，只得點點頭，「早點睡吧。」說完，轉身便要走。

施三哥看著施二哥的背影，忽然叫住了他，「二哥。」

「嗯？」施二哥回頭看他，「還有什麼事嗎？」

「還記得我第一次把畫放在鋪子裡出售的事嗎？」施三哥問。

施二哥聞言，露出了一個忍俊不禁的表情，「嗯，記得，我當時估價十兩，結果意外賣了一百兩呢，怎麼了？」

「我記得後來有一日，你十分激動地回來說撿了個大漏，有人在鋪子裡當了一幅臨淵先生的畫，價值千兩？」

施二哥一聽，只當他還對此事存有心結呢，頗有些好笑地安撫道：「都這麼多年了，你心裡這道坎還沒過去啊？不要放在心上了，你最近放在鋪子裡的畫都賣得不錯啊，甚至有一幅賣了八百兩的高價呢。」

……臨淵先生多少年前的畫就值千兩，他這麼多年過去了，賣個八百兩就是高價了？這是門縫裡瞧人，把人給瞧扁了啊！不過，這不是重點。

施三哥問，「你還記得那幅畫的內容嗎？」施二哥想了想才道：「事實上我並沒有親眼看過那幅畫，我知道的時候夥計已經把畫賣出去了，聽他講……好像是幅仕女圖。」

施三哥臉上露出了一個微妙的表情，「我記得，臨淵先生似乎很少畫人物？」

施二哥聞言愣了愣，「是很少見過他的人物，不過阿柯房裡那幅……」說到這裡施二哥趕緊打住，要是讓施三哥知道了陸池就是臨淵先生，大概是要發飆的吧。

施三哥的表情更微妙了，關於陸池的身份，他一早已經猜到了，二哥還在藏著掖著呢。

不過……這事兒有點意思啊。

一幅被夥計當成臨淵先生畫作賣出去的仕女圖，二哥從頭到尾都沒有掌過眼，他只知道有這麼一幅畫，並且賣了一千兩的高價。

「二哥，你可記得當時是誰買了那幅畫？」施三哥並沒有對上一個問題追根究底，而是忽然換了個問題。

施二哥摸了摸下巴，回想了一下，「彷彿是賀家那個小姑娘。」因為當時賺了一千兩銀子，他記得還算清楚，說完又有些疑惑，「你忽然問這個做什麼？」

「哦沒什麼，只不過是想起來當時賺了一百兩銀子之後，我信心大增，又畫了一幅仕女圖放在了鋪子裡，只不過後來那張仕女圖似乎就再沒消息了，不過我自己畫的東西也不值什麼，本就是練手之作，也就沒追究。」施三哥微微一笑，道。

施二哥聽到這裡，一下子石化了。莫不是那幅賣了一千兩銀子的臨淵先生的畫作……是他們家小三畫的？不行，這事兒得捂緊了，要是讓賀家知道，肯定會當他們家鋪子蓄意詐騙啊！不過事情已經過去了這麼多年，想來賀家應該也不會追究？

施二哥這會兒也沒心思盤問老三為何這麼晚來找阿柯，還給她酒喝，兀自憂心忡忡地去了。施三哥站在原地，看著二哥失魂落魄地離開，心情也是十分複雜，他因為那幅千兩高價賣出去的畫作把臨淵先生當成假想敵這麼多年，鬧了半天……那幅畫原來是他畫的？就因為被夥計錯認為是臨淵先生的畫，就翻了十倍的價格？

呵呵，他現在心裡更不平衡了啊！

施伐柯不知道自己是什麼時候睡著的，一夜酣眠，睜開眼睛的時候，天光刺眼。揉了揉有些發脹的腦袋，施伐柯起身洗了把臉，換了衣服走出房門之時已是日正當中，家中只剩下她一個人。

站在院子裡，施伐柯有一瞬間的迷茫，總覺得……彷彿是忘記了什麼重要的事情呢。是什麼事呢？施伐柯揉揉還暈乎著的腦袋，一時有些想不起來了，這時肚子開始抗議，感覺餓腸轆轆的施伐柯便乾脆放棄了思考，走進了廚房。

廚房的灶上溫著粥，施伐柯決定先填飽肚子。

一碗粥下肚，整個人才清醒了起來，然後施伐柯冷不丁就想起來自己忘記的事是什麼了……還庚帖！她答應了賀可甜今日要去賀家還庚帖的啊！

施伐柯火燒屁股一樣跳了起來，趕緊衝回房間去找庚帖，如今想來昨天晚上三哥突然好心請她喝酒的行為簡直太可疑了！他那是醉翁之意不在酒啊！

這樣的猜疑直至她衝回房間，拉開妝盒的抽屜，看到好端端放在原地的庚帖時……才放下了。唔，她似乎是錯怪三哥了呢。默默愧疚了一下，施伐柯再不敢遲疑，為免夜長夢多，趕緊將庚帖揣進懷裡，出門趕去賀家了。

施伐柯趕到賀家的時候，已經是下午了。不知道是不是錯覺，施伐柯總覺得今日賀家的門房看起來有些怪怪的，一副欲言又止的樣子。

……是發生什麼事了嗎？

施伐柯正疑惑著，結果剛進門，迎面便撞上了多日不見的賀可鹹，他看起來風塵僕僕的樣子，似乎正要出門。

賀大哥什麼時候回來的？施伐柯下意識便是頭皮一緊，突然就明白剛剛那門房為何一副欲言又止的模樣了，想起之前她替陸池上門提親時他大發雷霆的樣子，施伐柯心裡便開始打鼓，若是讓他知道她鬧了個烏龍想撮合三哥和可甜……他大概會想掐死她吧！

出於這種顧慮，她可是特意繞開他直接向賀伯伯和賀伯母提親的……賀伯母不是說他出去收賬，至少要半個月才回來嘛，怎麼這麼快回來了啊！

大概是施伐柯驚訝排斥的表情實在太過明顯，賀可鹹眉頭一皺，不滿道：「怎麼見了我一副見了鬼的樣子？」

是嘛……這調調才是她所熟悉的賀大哥，那天在盛興酒樓裡陪她爹一起無腦吹捧她的賀大哥絕對是非正常狀態啊！

施伐柯乾笑著道：「賀大哥，你什麼時候回來的啊，我只是有點驚訝這個時候看到你，這不是伯母說你出去收賬了，至少得半個月才能回來嘛。」

是啊，就因為他出去收賬了。那對不靠譜的夫妻又趁著他不在家鬧出了一堆問題！

說起來他之所以急著趕回來就是因為突然有了一種玄妙的預感，似乎再不回來就要發生什麼大事了！結果，果然……想起他一路風塵僕僕地趕回銅鑼鎮之後發生的一系列事情，他便感覺一口老血梗在了喉頭。

上一回，他們鬧了一出拋繡球招親之後，便拋下一堆爛攤子雙雙出門遠遊去了，如今更是長進了，直接趁著他不在家把妹妹的親事給定了，還定給了施家那個最奸滑的老三！

賀可鹹想到這裡，本就不善的面色又難看了幾分，施伐柯被他的表情嚇到，默默後退了一步。賀可鹹似乎也意識到自己的臉色嚇到了她，不知怎地，條件反射般便擠了個笑容給她，但是效果似乎……更驚悚了啊！

施伐柯被這個扭曲的笑容驚得倒抽一口涼氣，用盡了全身的力氣才抑制住了拔腿就跑的衝動……但她實在沒有勇氣繼續面對這位陰晴不定的賀大哥了，於是鼓起了所剩不多的勇氣，微笑著道：「賀大哥你這是要出門嘛，那我就不打擾你了，我是來找賀伯母的，伯母在家嗎？」

話說，溫柔善良又和藹可親的賀伯母到底為什麼會生出性格這樣陰晴不定的兒子啊！她不提賀伯母還好，提起賀伯母，賀可鹹的臉就整個黑成了鍋底。

「不會打擾，我原本就是打算去妳家找妳的。」賀可鹹黑著臉道。

一直心存僥倖的施伐柯到這個時候已經看出了端倪，知道這事兒八成是瞞不過去了，她小心翼翼地看著他，硬著頭皮問了一句，「那個……賀大哥，你是不是知道可甜的事了？」

「如果妳說的是可甜和施重海的婚事，那我的確是已經知道了。」賀可鹹努力協調著自己的面部表情，爭取讓自己看起來不要那麼嚇人。畢竟，眼前這個不是旁人，是他中意的姑娘，不能再把她嚇著了，雖然……她也是始作俑者之一！

可是賀可鹹大概不知道，他用這樣平靜的表情來陳述這件事……看起來更嚇人了，彷彿暴風雨前的寧靜一般透著股風雨欲來的氣息。

「賀大哥……你別生氣啊。」

施伐柯看得頭皮發麻，趕緊戰戰兢兢地解釋道：「昨天可甜已經跟我說清楚了，這整件事情就是一個誤會，我今日登門就是來歸還可甜的庚帖的。」

「來不及了。」賀可鹹道。

「不不不，來得及的。」施伐柯忙不迭地道：「這件事的解決辦法我已經和可甜說過了，你我兩家也算熟識，彼此好說話，既然一切只是場誤會，那這樁婚事就此作罷，反正此事還未傳揚出去，也並無外人知曉，便只當一切都沒有發生過，對可甜和賀家不會有什麼影響的。」

「已經傳揚出去了。」

「什麼？」施伐柯一愣。

「如今，幾乎整個銅鑼鎮的人都知道可甜和妳三哥要成親這事了。」賀可鹹閉了閉眼睛道。

「什麼？」施伐柯一下子瞪大了眼睛，「怎麼會這樣！你會不會是弄錯了？」

「妳跟我來。」賀可鹹看了她一眼，說著，轉身便走。

施伐柯不知道他葫蘆裡賣的什麼藥，有些忐忑地跟著他走了進去，剛踏進正院，便看到擺了一地的禮盒，不由得心頭一跳，下意識便看向了賀可鹹。

「今日我剛回來，喜餅鋪子的管事便送了禮來，說是賀東家大喜。」

「那也可能只是伯母跟自家鋪子說了要準備喜餅的事情，如今婚事取消，同管事說清楚就是了……不至於鬧得整個銅鑼鎮都知道的。」施伐柯忙道。

「然後，各家商鋪紛紛遣人送來了賀禮。」賀可鹹面無表情地指著那擺了一地的禮盒，一堆一堆指過去，「這是金滿樓送來的，這是盛興酒樓送來的，這是西街那家成衣鋪子送來的……這是來福記的。」他一路風塵僕僕地趕回銅鑼鎮之後，本來一切彷彿都很正常，除了好不容易遠遊歸來的父母看到他時態度有些奇怪之外……總之那絕對不是正常的父母遠遊歸來見到許久未見的兒子時該有的表情！

然而當時他也沒有多想，只以為他們還在為之前拋繡球招親引發的一系列問題而感到不自在，但是事情都已經過去那麼久了，他即便當時有氣，如今氣也消得差不多了，畢竟時間是一劑良藥啊……再者，不是說天下無不是的父母嘛，於是他好生安撫了他們。

「可鹹啊，你沒有生娘的氣嗎？」賀夫人委屈巴巴地看著他。

……他能說什麼？他只能微笑著道：「嗯，沒有。」

「真的嗎？」賀夫人眼睛頓時一亮，「那你是同意了？」

「嗯……嗯？」他下意識點了點頭，然後覺得不對啊……他同意什麼了？

那廂，賀夫人已經興高采烈地拉著賀老爺，一臉感動地說：「我就知道可鹹不會生我的氣，我也是為了孩子們好嘛。」

不是，他到底是同意什麼了？賀可鹹看著激動莫名的娘親，忽然覺得……他某些預感可能要成真了。

事實證明，他的預感沒有錯。還沒有等他問清楚自己到底同意了什麼，那廂管事來稟報說他們家名下的幾家喜餅鋪子遣人送了禮來，說是給東家賀喜。

「喜從何來？」他愣了愣，問，剛剛還激動莫名的賀老爺和賀夫人一下子安靜了。

最怕空氣突然的安靜……那管事大概也察覺出氣氛不太對了，他小心翼翼地看了一眼突然就變得沉默是金的賀老爺和賀夫人。

「問你話呢！喜從何來？」賀可鹹腦門上青筋蹦了蹦，聲音猛地提高了一度。

管事頓時一驚，再不敢磨蹭，趕緊回道：「大小姐要和施家小公子成親了，婚期就定在八月初七！」賀可鹹的臉一下子就黑成了鍋底，他猛地瞪向了那對不靠譜夫婦。

賀夫人被兒子瞪得瑟縮了一下，往賀老爺身邊躲了躲，「你、你不是同意了嘛。」

「我什麼時候同意的？」

「就剛剛啊……」

如果不是氣氛不對，賀可鹹都要被氣樂了，「好好好，你們這是吃準了我不會同意這樁婚事，就趁著我不在家擅自做了決定是吧！」賀可鹹聲音一下子提高了八度。

「嗚嗚嗚，老爺，兒子凶我……」賀夫人啜泣著捂住臉，弱小可憐無助。

賀老爺一下子大怒，「你這不孝子，你怎麼能凶你娘！」

又是這一招……你跟他們講道理，他們跟你說孝道，賀可鹹感覺再這樣下去，他簡直要折壽，「不用演了，這樁婚事我不會同意的。」

「你這逆子！婚姻大事自有父母之命，媒妁之言，關你這個做兄長的什麼事？」賀老爺梗著脖子大聲道。

賀可鹹涼涼地道：「長兄如父。」

「我還沒死呢！」賀老爺氣得鬍子都翹起來了。

賀夫人一看不對，趕緊收了眼淚上前拉開了這對就快要打起來的父子，「可鹹啊，我知道這事兒太突然了，可是我們這回真不是故意挑你不在家才定下的這門親事，實在施家老么看著是個好的，而且這門親事是可甜自己挑中的，合婚都合出了上上簽，是天作之合呢！」

「誰說這婚事是我自己挑的？」賀可甜冷不丁跑了出來，臉色不大好地道。

她今日哪兒也沒去，就在家等著施伐柯來還庚帖，可這會兒都日正當中了，那臭丫頭還沒來，莫非是想食言而肥了？正心焦呢，便聽說哥哥回來了，賀可甜立時感覺有了主心骨，一路匆匆跑過來，便聽到娘正胡說八道。

「是……」賀夫人一愣。

「是阿柯那個臭丫頭說的吧？她還說今日要來還我的庚帖呢，結果到現在都沒來！」

「還庚帖？」賀夫人瞪大眼睛，「為什麼要還庚帖？」

賀可甜才不跟娘爭辯，只認真看著賀可鹹道：「哥，我不想嫁給施三哥，我昨天就跟阿柯說過了，好在這事兒還沒有張揚出去，我們悄悄兒把婚約解了，便當這事沒有發生過。」

賀可鹹聽到這裡，一直緊蹙的眉頭才鬆開了些。

正這時，外頭忽然有人來稟報。

「老爺夫人，少爺小姐，金滿樓遣人送了賀禮來……」

「老爺夫人，少爺小姐，盛興酒樓遣人送了賀禮來……」

「老爺夫人，少爺小姐，來福記遣人送了賀禮來……」

一台台的禮盒被抬了進來，賀可甜和賀可鹹的臉，綠了。

說好的沒有張揚出去呢？

而此時，施伐柯看著這一地的禮盒，聽著賀可鹹面無表情地一樣一樣報給她聽都是誰送的，臉也是綠的。

……還真是差不多整個銅鑼鎮都知道了啊！

「可甜呢？她……還好嗎？」施伐柯顫巍巍地問。

「她回房寫字去了。」

施伐柯默默顫抖了一下，這是快氣瘋了的節奏啊……

第十章　天作之合

是的，賀可甜快氣瘋了，一連寫了十張大字都無法讓她變得心平氣和起來。

開始寫第十一張大字的時候，賀可甜忽然覺得跟前杵了個人，她一開始以為是胭脂，便沒有去理會，後來一想不對啊……胭脂不是被她趕出去了嘛，哪來的膽子這樣像根木頭似的無聲無息地杵在她跟前。

這樣想著，賀可甜一抬頭，便看到了一張熟悉的臉。

施伐柯！賀可甜手裡的毛筆「喀嚓」一下就斷了，大團的墨跡暈染在了宣紙上。

得，字白練了。果然忍字頭上一把刀啊！

「可甜……」施伐柯訕訕地笑。

賀可甜放下手裡的筆，拿帕子擦了擦手上染到的墨跡，抬頭看向一臉心虛的施伐柯，慢悠悠地吐出一口氣，「我還當妳食言不來了呢。」

施伐柯也知道自己來得有些遲了，訕訕地道：「對不住啊，一不小心睡過頭了……」

「見到我哥了？」賀可甜問。施伐柯點頭，見過了，可嚇人。

「我記得妳說過，此事並未聲張出去，也無外人知曉？」賀可甜看著她，幽幽地道。

「……」是，她說過，而且她到現在都沒有想明白怎麼過了一夜之後就鬧得人盡皆知了，這事兒實在是蹊蹺得很。

「阿柯，我們是朋友，我本來很相信妳的，可是妳讓我失望了。」賀可甜看著她，眉目含霜，語氣冰涼，「妳應該知道，這件事鬧大了，對我而言意味著什麼吧？」

意味著問題變得更複雜，意味著賀可甜要嘛捏著鼻子認下了這門親事，要嘛就退婚鬧得人盡皆知，聲名盡毀……

一個退婚的女子，不管是被退婚還是主動退婚，她以後都難再說到好人家了。

「對不起。」施伐柯內疚極了，垂頭道歉。

「道歉有用嗎？」賀可甜忿忿地道。

「我敢保證在今日之前，這件事真的從未聲張出去，也真的並沒有外人知道。」施伐柯一臉認真地道：「這事兒我只跟我爹娘說過，甚至連我三個哥哥都不知曉。」

「所以呢？為什麼這事兒突然就傳得人盡皆知了？」賀可甜看著她，眸中閃爍著熊熊的怒火，質問道：「一直都是靜悄悄的，就在妳答應了要歸還庚帖的這一日，突然就一下子鬧得人盡皆知了呢。」

施伐柯頓時氣短，因為這事兒實在是蹊蹺，怎麼可能就這麼巧呢，說不是故意都沒人信啊。等等……故意？「有人故意將這件事傳了出去。」施伐柯忽然一個激靈，道。

賀可甜也愣了一下，可再一想，好像也只有這個可能了。

「可是，會是誰呢？」賀可甜蹙起眉頭，問。

「首先，知道這件事的人並不多，然後，這個人有可能對妳心懷不滿。」施伐柯分析著，然後冷不丁看向賀可甜，「妳最近得罪了什麼人嗎？」

賀可甜不屑地「呵」了一聲，她得罪的人……那可多了去了。

施伐柯看懂了，一時有些一言難盡。「可前提是，得是知道妳和我三哥在議親這件事的人。」施伐柯琢磨了一下，「這範圍就立刻小了許多。」

「我爹娘，妳爹娘，還有妳，除此之外還有其他人嗎？」賀可甜想了想，一臉狐疑地看向施伐柯，「這五個人裡，怎麼看都是妳嫌疑最大啊。」

「……」

「妳其實看我不順眼很久了吧？」賀可甜又道，眼神越發的不對了。

「……」施伐柯抽了抽嘴角，一時有些無語。

然後忽然一愣。

不對，還有一個人，她三哥……那日偷聽了她和可甜的談話。

假設這件事真的是她三哥做的，那他的動機是什麼呢？這件事傳揚了出去，意味著什麼呢？意味著賀可甜要嘛捏著鼻子認下這門親事，要嘛就退婚鬧得人盡皆知，聲名盡毀。

這是在逼著賀家認下這門親事？

施伐柯想到這裡，一下子頭大如斗，如果真是三哥幹的，她要怎麼辦？

「阿柯？阿柯？」賀可甜伸手在她面前晃了晃，然後一臉狐疑地看著她，「怎麼突然就發起呆來了？心虛了？莫非這事兒真是妳幹的？」

施伐柯按捺住心底那個可怕的猜測，冷不丁抬起手抓住了賀可甜在她面前揮舞的手，一臉嚴肅地看著她，「可甜……」

「幹、幹嘛？」賀可甜被她嚇了一跳，結結巴巴地道。

「這件事，我一定會給妳一個交代的。」施伐柯一臉嚴肅地說著，從懷裡取出庚帖，放在她手裡，鄭重其事地道：「不管這件事是有心人算計，還是只是巧合，這樁婚事都不會再繼續下去了，妳且放心。」

她頓了頓，又道：「妳爹娘兄長那裡，我也會負責同他們解釋清楚的。」

賀可甜的手被她緊緊握著，看施伐柯一副認真臉，只得愣愣地應了一聲，「哦……哦。」

「我一定會盡力把這件事的影響壓到最小，儘量不讓這件事影響到妳以後的婚事。」施伐柯說到這裡，突然福至心靈，冷不丁道：「妳之前同我講過，妳喜歡的臨淵先生就是陸二哥對不對？」

賀可甜聽到這裡，心裡陡然漏跳一拍，「是又如何？」

施伐柯想陸二哥一直說親困難，可甜先前又因為誤會兜兜轉轉地拒絕了陸二哥的提親，雖然當時鬧得有些不愉快，但如今誤會總算是解開了，那許是可以舊事重提，這樣不光是解決了可甜眼前的困境，也解決了陸二哥的親事呢！豈非一舉兩得？

於是，施伐柯開口道：「那待陸二哥回來之後，我幫妳向他提親。」

「真、真的？」賀可甜瞪大眼睛。

驚喜來得太快，簡直猝不及防，這便是山窮水盡疑無路，柳暗花明又一村啊！

「自然是真的。」施伐柯認真點頭，「庚帖妳收好，我先回去了，這件事我一定會查清楚給妳一個交代的。」說完，施伐柯就跑了。

她行色匆匆，速度之快，甚至沒有注意到站在門口拐角處的賀可鹹，還未等賀可鹹張口叫住她，她就已經一陣風似的跑遠了。

賀可鹹默默收回了伸出的手，頓了頓，轉身走進了妹妹的房間。

賀可甜正站在房間裡發呆，一副魂不守舍的樣子。

「可甜？」賀可鹹喚了她一聲，見她難得一副失魂落魄的樣子，心中倒是泛起了一絲憐惜，只當她是在為那樁烏龍婚事被傳得人盡皆知而煩惱，於是轉身走到桌邊，打算倒杯茶給她緩緩。

結果，那廂賀可甜呆呆地抬起頭，呆呆地看了自家哥哥一眼，突然開口道：「哥，要不你娶了阿柯吧。」

「砰」地一聲，賀可鹹手裡的茶壺掉在了地上，摔了個四分五裂。

他腦袋一格一格地扭過來，看向自家妹妹，「妳，剛才說了什麼？」是他幻聽了嗎？

「你不是一直挺喜歡她嘛，我看你對她比對我都上心，比起我，你心裡其實更想要她這樣一個妹妹吧。」賀可甜目光炯炯地看著賀可鹹，用一種很是蠱惑人心的語氣鼓動道：「那你不如把她娶回家吧，娶回家她就是你的了。」

見鬼的妹妹，他幹嘛要娶一個妹妹進門。他才不想讓施伐柯當他的妹妹。

不過……「好。」賀可鹹開口，言簡意賅的一個字。

「誒？」賀可甜驀地瞪大了眼睛，她不過是因為阿柯那一聲「陸二哥」引發了莫名的危機感，然後又因為這危機感下意識想要排除潛在的情敵，出於女人的直覺，她總覺得陸池對施伐柯不一般……可是，大哥居然答應了？

她還以為會一如既往地被嘲諷呢……賀可甜看著賀可鹹的目光漸漸詭異了起來。

賀可鹹在妹妹詭異的目光中鎮定自若，他板著臉道：「我認真想過了，妳這樁婚事很棘手，鬧成現今的局面根本不好解決，但我們可以將錯就錯，我去施家提親娶了阿柯，這樣，妳和施重海那小子的事情對外就可以說是傳錯了。」

「這樣……能成？」賀可甜有些懷疑，誰也不是傻子吧。

「當然，或許一開始還會有些許流言，但只要我娶了阿柯，時間久了，這些流言自然就會不攻自破。」賀可鹹一本正經地道：「畢竟如果我娶了阿柯，妳和施重海的事兒就肯定不能成。」否則不就成了換親嘛，那可是窮得娶不上媳婦的人家才幹的事情，施家和賀家斷不會如此。

賀可甜一聽……嗯，彷彿也有道理，不由得有些感動了，「哥，你對我真好。」既解決了她眼前的困境，又給她拔除了潛在的情敵，真是好兄長！

賀可鹹微笑，「誰讓我只有妳一個妹妹呢。」

阿柯可不是妹妹，以前不是，以後也不會是。

賀可甜一聽，更感動了，「哥，以後我再也不說你吝嗇、龜毛、壞脾氣、不講道理又不通人情了。」

「……嗯？」賀可鹹眉頭不自覺地高高挑起，原來妹妹一直這麼討厭他的啊？

他。

「你是這世上最好的哥哥！」賀可甜察覺自己一激動說溜嘴了，趕緊補救，使勁地讚美

賀可鹹嘴角抽了抽，他眯了眯眼睛，冷不丁道：「可甜。」

「嗯？」賀可甜使勁眨巴眼睛，試圖營造出星星眼的崇拜感。

「……妳眼睛抽筋了嗎？」賀可鹹實在忍不住了。

賀可甜一噎，終於恢復正常了。

見她恢復正常，賀可鹹才道：「任何事情都有目的，妳有沒有想過那個把這件事宣揚出來的人……目的是什麼呢？」

「和我有仇？」賀可甜不假思索地道，這個問題她先前已經和阿柯討論過了，畢竟她可不是個討人喜歡的性子，銅鑼鎮裡討厭她的人遠遠多於喜歡她的人呢……

倒是相當自覺了。

賀可鹹無語了半晌，才道：「可前提是，和妳有仇的人，並不知道妳和施重海在議婚這件事啊，如果換一個角度思考，把這件事宣揚出來的人，目的是在於讓這樁婚事不得不繼續進行下去……」

賀可鹹眯了眯眼睛，誘導道：「那妳覺得，這個得益者會是誰呢？」

賀可甜呆了呆，腦海裡忽然蹦出了一張娃娃臉。

「不可能是他。」賀可甜斷然否決。

「哦？你口中這個『他』，是誰？」賀可鹹意味深長地問。

賀可甜忍不住白了她哥一眼，「哥，你這種說半句留半句的態度可改一改吧！這指桑罵槐的有意思嗎？你都已經把話餵到我嘴邊了，還裝的什麼傻？你是想說，將這件事宣揚出去的人，是施三哥吧！」

喂……剛剛還說他是世上最好的哥哥呢。

「不過，不可能是施三哥。」賀可甜搖頭道。

「哦？」賀可鹹挑起眉，「為何這樣肯定？」

「施三哥他……」賀可甜想了想，一時不知道該怎麼形容，頓了頓才道：「不是這樣的人。」賀可鹹看著自家蠢妹妹，表情忽然變得有些微妙了起來，「但願如此吧。」

施伐柯此時自然還不知道賀家兄妹已經懷疑到了她三哥頭上，也不知道賀家兄妹正各自心懷鬼胎地謀算著要將她娶進賀家，她此時心裡沉甸甸地彷彿壓了一塊大石頭，一路急匆匆地趕回家，直接闖入了施三哥的書房。

書房裡沒人，施三哥還沒回來。她心裡焦急，便乾脆坐在書房等，在等施三哥回來的同時，她反覆思考了整件事，以及該如何善後……複又想到自己答應了可甜待陸二哥回來就替她向他提親，忽然就覺得整件事繞了一圈似乎又回到了原點。

唔，可能陸二哥的婚事一直兜兜轉轉定不下來，便是因為賀可甜才是他的良緣？

此時，嵐州，千崖山飛瓊寨裡，為了讓生性害羞的朱顏顏快速融入這個大家庭，陸家一大家子正極有閒情逸致地進行著一項有益身心的活動——采蘑菇。

以上，是許飛瓊的原話。

事實上，陸庭早已經帶著許飛瓊跑遠了，不知道去了哪裡，連個影子都看不見。

而陸竹西呢，則是寸步不離地盯著他的新媳婦，只有新媳婦朱顏顏在認真撿蘑菇，不一會兒便撿了一大捧，寶貝似地裝進手上挎的小竹籃裡，直玩得臉上紅撲撲的，額前還掛了晶瑩的汗珠，陸竹西只得時不時拉住她，滿是無奈地給她擦個汗。

「陸大哥，我撿了好多！晚上我們可以吃炸蘑菇！」朱顏顏興奮地道，眼睛亮閃閃的，彷彿會發光。自從在飛瓊寨吃過一次炸蘑菇之後，朱顏顏便念念不忘。

「嗯，顏顏真能幹。」陸竹西替她擦了擦汗濕的額頭，誇獎道。

一旁形單影隻的陸池看得眼酸，斜睨了一眼朱顏顏手上挎著的小竹籃，呵好傢伙，都滿得快冒尖兒了，但，看那堆五顏六色的東西……這要人命的玩意兒真能炸著吃？

話說他哥娶了媳婦之後越發的眼瞎心盲了呢！竟然就能睜著眼睛說瞎話！

如果朱大夫人此時在這裡，定然認不出眼前這個生機勃勃的姑娘就是她一直病怏怏的女兒，只是這飛瓊寨真是越發不能待了，以前雖然爹娘膩得慌，至少還有陸竹西陪著他，現在連陸竹西都這德行了……他要怎麼辦？

陸池正忿忿著，忽然感覺鼻子一癢，控制不住一連打了好幾個大噴嚏，聲音之巨大，把叢林間小憩的鳥兒都驚飛了。

朱顏顏也被嚇了一跳，她怯怯地轉過頭看向陸池，因著先前認錯人的烏龍，她一直不大好意思面對夫君的這位弟弟。

「阿池，可是著涼了？」她關切地問。嗯，很有大嫂的風範了。

陸池揉揉鼻子，心情卻是一下子明媚了起來，連看著眼前這兩個成雙成對的人也不是那麼礙眼了，因此笑咪咪地道：「我身體好著呢，大概是阿柯想我了，正好我打算這兩日就回銅鑼鎮去了。」果然，他這是離開銅鑼鎮太久了啊。不過距離產生美，適當的離別說不定能讓阿柯意外看明白自己的心意呢！這麼一想，陸池不禁有些美滋滋。

朱顏顏卻是一呆……她沒聽錯吧？小叔子竟然叫阿柯叫得那麼親密？莫非他們之間有什麼她不知道的事情？想到這裡，再想起當日她認錯了人，死活非要嫁給陸池，還跟阿柯托了媒……應當讓阿柯很為難吧，不由得有些發窘。

「呵。」看出了媳婦的窘意，陸竹西對著陸池涼涼地笑了一聲。

「陸竹西你什麼意思？」陸池挑眉看向陸竹西，不滿道。

陸竹西微微一笑，「施姑娘想你不假，不過她在想的……大概是怎麼給你說一門好親事吧。」

陸池一滯，隨即哼了一聲，轉身拂袖走了。

他能說什麼？他底氣不足啊！難道他能說還真有這個可能性？不行，他明日就得回銅鑼鎮去，畢竟覬覦阿柯的狼崽子可不少，他不能給那些狼崽子可趁之機！

……突如其來的危機感讓陸池立刻下了這個決定。

然而，第二日陸池並沒有能夠如願返回銅鑼鎮，因為發生了一件極為不可思議的事情，他娘竟然老蚌懷珠……懷孕了？

當然這是後話。

這廂施伐柯還在考慮著待陸二哥回來之後，她要怎麼和他說可甜的事，正在施伐柯想得出神的時候，施三哥回來了。

「阿柯，妳在我書房裡作甚？」施三哥一踏進書房，便被直愣愣坐在書架前的施伐柯嚇了一大跳。

「不是說，平生不做虧心事，夜半不怕鬼敲門嘛。」施伐柯回過神來，看著自家三哥一副驚魂未定的樣子，幽幽地道：「還是說……你做了什麼虧心事？」

施三哥撫了撫胸口，狐疑地看了自家妹妹一眼，「阿柯，妳怎麼了？今日怎麼陰陽怪氣的？」

「你去哪兒了？怎麼現在才回來？」施伐柯不答反問。

「鋪子裡有人相中了我的畫，二哥叫我去瞧瞧，有什麼不妥嗎？」施三哥眨巴了一下眼睛，一副丈二和尚摸不著頭腦的表情。

「你從外頭回來，難道不曾聽說什麼嗎？」施伐柯高深莫測地看著他，又問。

「不曾啊，是發生什麼事了嗎？」施三哥疑惑地問。

「我昨晚不是喝醉了嘛，今日便起晚了，一覺醒來我帶著庚帖去了賀家，你知道發生什麼事了嗎？」

「什麼事？」施三哥從善如流地問。

「我到賀家之後才知道，你和可甜的婚事已經傳得差不多整個銅鑼鎮都知道了。」施伐柯看著他，面無表情地道。

施三哥臉上露出了一個錯愕的表情，「……怎麼會這樣？」

表情很真實，可是施伐柯的心卻又往下沉了沉，她緊緊地盯著他，直截了當地問：「三哥，是不是你？」

「什麼？」施三哥一愣，隨即臉上露出了一個受傷的表情，他不敢置信地道：「妳覺得是我把這件事傳揚了出去？在妳眼中，我就是這樣的人？」

嗯……顯然是的。

「喂！妳那是什麼眼神！」施三哥跳了起來，氣道。

「其一，我之前已經告訴過你今日我會去賀家歸還庚帖，可你明知道我酒量淺，偏偏那麼巧，就在昨天晚上偷拿了酒給我喝；其二，你是唯一知道這件事，並且有動機將這件事傳揚出去的人。」施伐柯看著他，緩緩開口，「我喝醉了酒，一直到中午才起來，你便有了充足的時間去做這件事，不是嗎？」

施伐柯定定地看著施三哥，她以為他會狡辯，畢竟她三哥是出了名的能言善辯，向來是個理不直氣也能很壯的傢伙。

可是……這一回，施三哥看了她一眼，竟然不曾再辯解什麼，只垂下眼眸，輕聲道：「我知道，這些事情看起來太巧了，巧得彷彿是有預謀一般。」施伐柯挑起眉，等待他的下文。

「可是阿柯，連妳都不相信我，我真是太傷心了。」施三哥說完這句，情緒低落地走出了書房。

誒？施伐柯直接愣住……這是什麼展開？怎麼不按套路來的？這樣她還怎麼問？

這一夜，施伐柯輾轉反側，又因天氣悶熱，根本難以入眠。

半夜的時候，忽然打起了雷，大雨隨之傾盆而下，打得窗外的芭蕉葉簌簌作響，施伐柯起身推開窗，大雨帶來的清涼終於驅散了一室悶熱，困意也隨之襲來，後半夜總算是一覺好眠。

於是第二日，施伐柯又起遲了。

睜開眼的時候，已是日上三竿，陽光燦爛得出奇，如果不是院子裡還濕漉漉的，她大概會以為昨天的大雨只是一場夢。

今日施三哥沒有出門，施伐柯打定主意，還是要找三哥好好談一談。

然而還沒有等她去書房找施三哥談心，外面忽然有人敲門。

施伐柯心中陡然一跳，會不會……是陸二哥回來了？算算日子，參加完陸大哥和朱顏顏的婚禮，這兩日他也該回來了呢。她起身去開門，腳步是她自己都沒有察覺到的急切。

然而打開門一看，她愣了一下，「……克己？」

是的，站在門外的那個模樣清俊的少年，正是陸池的學生，朱禮。

「施姐姐。」朱禮沖施伐柯笑了笑，很有禮貌地拱了拱手，有些靦腆的樣子。

「進來吧。」施伐柯側過身，請他進來，又問：「找我有事嗎？」

「我就想來打聽一下，我先生什麼時候回來。」朱禮沒有進門，只是嘿嘿一笑，道。

他大概已經被先生管出毛病來了，如今先生回去了，沒有人管著他，他竟然開始不習慣了！好可怕的習慣啊……先生有毒吧！

施伐柯一愣，是哦，陸二哥好像真的已經走了許久，怎麼還沒有回來？先前聽到敲門聲她還以為是陸二哥回來了呢，但是朱禮為什麼會特意來問她？

於是施伐柯看著他，有些奇怪地道：「呃……我也不知道啊，不過你不是他的學生嗎？為什麼要來問我？他臨走之前沒有同你交待什麼時候回來嗎？」

「沒有……」朱禮有些沮喪。

他可是很有自知之明的，在先生心目中他連施姐姐的一根頭髮絲都比不上啊，他就是個不被先生喜愛的小可憐！可是先生竟然都沒有跟施姐姐交待什麼時候回來……朱禮忽然有了一個驚悚的念頭，先生會不會不回來了？應該不可能吧，畢竟施姐姐還在銅鑼鎮呢……

看朱禮一臉沮喪，彷彿是個被先生拋棄的小可憐，施伐柯心裡一軟，「放心吧，他會回來的，柳葉巷的房子還沒有退租呢，最遲秋闈之前總會回來一趟的。」

朱禮想了想，還真是這麼回事，便放下了心裡的擔憂。

既然放下擔憂，朱禮決定還是回去好生把先生臨走前佈置的課業完成了，否則待先生回來……只怕後果不堪設想。

正準備走呢，朱禮猶豫了一下，又停下了腳步，略顯遲疑地看了施伐柯一眼，支吾著道，「施姐姐，妳也不要太難過，如果有需要的話可以同我講，我祖父有一個交好的太醫，實在不行的話，我可以去求求祖父。」

嗯？嗯？施伐柯一腦袋問號，是她的理解能力出問題了嗎？明明先前還在說陸二哥為何還不回來的事，怎麼一轉眼就扯上交好的太醫了？這話題的跳躍度是不是太強了些？

而且，這話是什麼意思？

「為什麼……要難過？」施伐柯一臉問號，又和太醫有什麼關係？

「呃？施姐姐妳不知道嗎？」朱禮有些驚訝。

「我該知道什麼？」施伐柯提心吊膽地問。

她最討厭這種彷彿人人都知道的事情，她卻是最後一個知道的感覺了！

「就是施三哥和賀家小姐的婚事啊……」朱禮試探著道，見施伐柯一頭霧水的樣子，他頓了頓，彷彿有些後悔自己不該多嘴。

「嗯？所以……發生了什麼事嗎？」施伐柯腦門上的青筋一抽。

莫不是三哥又出什麼問題了？可是他今日不是好好地在書房裡待著嗎？不對……今天她又起晚了！所以他到底又做了什麼……

「先前施三哥和賀家小姐的婚事不是傳得沸沸揚揚嘛，聽說今日這門婚事解除了，是施三哥親自登門退的婚……」朱禮一邊說著，一邊小心翼翼地拿眼睛偷瞄著施伐柯。

施伐柯面色一變，三哥在搞什麼？在這種當頭高調上門退親，他欲置可甜於何處？

「可有傳出退婚的原因？」施伐柯咬牙切齒地問，若說原先三哥將這件事鬧出來是為了逼迫賀家將這門婚事繼續下去，可是他此時高調上門退親又圖的什麼？因為氣不過？

如果真是因為這種莫名其妙的原因傷害了可甜，即便是自己三哥，她也絕對不會輕易放過！因為名聲對一個姑娘家來說實在太重要了。

「說是、說是因為……」朱禮越發的支支吾吾起來，似乎是極難開口的樣子。

「因為什麼？」施伐柯有些不耐地問。

「因為……施三哥之前在外遊學的時候不小心傷了……那處。」朱禮把心一橫，有些困難地表述道。

「傷了哪處？」施伐柯愣了愣，一頭霧水地問。

「就是……那處啊。」朱禮很是艱難地道。

「到底是哪處啊？」施伐柯蹙了蹙眉，只覺得這話雲裡霧裡的，根本聽不明白啊。

實在是講不清，朱禮兩眼一閉，硬著頭皮道：「施三哥說他不能人道了！」

施伐柯一下子就沉默了。

風，呼呼地吹過。

「那個……施姐姐，我這就先回去了，如果需要幫忙妳可以來找我，我的承諾永遠有效。」朱禮也是尷尬不已，他快速說完，趕緊溜了。

施伐柯默默在門口站了許久，然後轉過身，艱難地走進了大門。進了院子，施伐柯一路步履蹣跚地走到施三哥的書房門口，目光複雜地看著正在低頭作畫的施三哥，「三哥……」聲音透著艱澀。

施三哥抬頭看她。

「你……」她抖了抖唇，眼中隱隱有淚光閃爍。

施三哥頭皮一麻，幾乎是立刻知道了緣由，趕緊辯白道：「……不是妳想的那樣！」

「三哥，不要緊的……克己說朱老爺子認識宮裡的太醫，我們可以去求求朱老爺子幫忙引見……」施伐柯哽咽著道。

「都說了不是妳想的那樣！」施三哥跳腳。

「三哥，你要堅強！」施伐柯握拳，然後又淚眼朦朧地道：「都怪我們平時太不關心你了，你回來這麼久了竟然也沒有發現，你默默承受了這一切，心裡一定很難受吧……對不起三哥！」十分自責的樣子。

「我沒有隱疾！」施三哥氣急，聲嘶力竭地否認。

「三哥，我們要勇於面對現實，患了隱疾並不可恥。」施伐柯抹了抹眼睛，苦口婆心地勸道：「隱疾也是疾，我們不能諱疾忌醫，宮裡太醫的醫術高明，一定能治好的。」

施三哥只感覺腦袋突突地疼……「我只是為了在不影響可甜名聲的前提之下解除和賀家的婚事，不得已才撒了這個謊，我．沒．有．隱．疾。」施三哥閉了閉眼睛，一字一頓咬牙切齒地道，然後又有些無奈，「這不是妳所期望的嘛？」聲音透著濃濃的疲憊。

施伐柯愣了愣，「……當真？」眼中還是透著不相信。

「比珍珠都真。」施三哥撫額，有些無力地道。

「……三哥你真的很豁得出去啊！」施伐柯感歎，這麼說的時候，她心裡十分複雜。

難道，她真的錯怪了三哥？

「妳先前說想趁著婚事無人知曉，便悄悄抹去，權當沒有發生過，可是如今鬧成了人盡皆知的局面……就像妳說的，這門婚事就不能輕易解除了，畢竟已經過了庚帖，合了八字，甚至連婚期都定了，此時解除婚事，對可甜的影響太大。」施三哥一臉深沉地道。

施伐柯點點頭，心有戚戚焉。是啊，走到這一步，這樁婚事在外人眼中已是鐵板釘釘了，若是突然說要取消婚事，鎮上那些人會怎麼想？

總不能說這是一場誤會，賀可甜的意中人其實另有其人？自古婚事都是父母之命，媒妁之言，真要這麼講可甜大概會被唾沫星子淹死吧。

「所以我就琢磨了一下，要在不影響可甜名聲的情況下解除這樁婚事，那便只能自汙了，畢竟如果我有什麼不妥，那麼賀家退婚就顯得合情合理許多，也比較容易讓人接受。」

「……」可是三哥，你這自汙得有點厲害啊。你有考慮過以後誰敢嫁給你這個問題嗎？

「我琢磨了許久，若說我見異思遷，那多事之人說不定會覺得我是嫌可甜容貌不夠出眾，這會讓可甜處境更加難堪；若說我是不思上進，又或許會有人覺得是賀家嫌貧愛富，眼高於頂。」施三哥略糾結了一下，才有些無奈地道：「所以，再沒有比現在這個理由更合情合理的了。」

施伐柯已經無話可說了。
三哥都已經做到這個地步了……她若還懷疑他，她還是個人嘛！
晚上，施長淮、陶氏以及施大哥、施二哥回來的時候，施三哥又受到了眾人的一番愛的關懷，施家眾人都用關愛的眼神看著三哥，根本不敢提及此事，生怕傷到他脆弱不堪的心靈。
施三哥無奈之下，只得硬著頭皮又解釋了一番，然後有點心累，忍不住懷疑自己是不是做得有點太過火了一些……

而此時賀家，賀家兄妹的表情自從施重海親自登門退親之後，便一直處於一種空白且迷茫的狀態。
「看看，多好的孩子，這是造的什麼孽啊！」賀夫人搖頭歎氣，「就因為你們兄妹倆的任性，害得人家孩子落了這麼個名聲，以後他可怎麼娶妻啊……這都是為了妳啊可甜，為了保住妳的名聲！」說到最後，向來溫柔的賀夫人已是聲色俱厲。
賀可甜咬了咬唇，垂頭不語；賀可鹹的表情則有些一言難盡。那小子當真是一點臉面不要的？這一番操作真是猛如虎……連他都要甘拜下風了，簡直猝不及防啊！
他都已經準備了禮物，甚至暗暗打點了媒婆，準備去施家提親了。結果才過了一夜，施重海那小子就親自登門退親，說是……傷了那話兒？

這種事關男子尊嚴的事情，他當真是一點臉面都不要的嗎？

而且這件事以極其可怕的速度傳揚了出去，自施重海離開賀家後不過一盞茶的功夫，幾乎整個銅鑼鎮都知道施重海親自登門賀家退了親，原因是他出門遊學的時候傷了身子，不舉了？

……誰來告訴他這是什麼展開？賀可鹹百思不得其解，內心還有一些小小的失落。

那廂，賀夫人還在一個勁兒地念叨，賀可甜卻是一句話都沒有聽進去。

她覺得有些內疚，施三哥這樣好的人……明明一開始是她令阿柯誤會，又是她娘同意了這樁親事，整件事從頭至尾都與施三哥無關，他明明是最無辜的人，結果卻因為她任性不肯成親，他不惜自汙名聲來達成她的心願。

甚至……她都開始懷疑自己之前堅決想要退親的念頭是不是正確的了。

賀可甜越想越難受，偏她娘還在不停地絮叨，她實在坐不住了，猛地站了起來，生硬地說了一句，「我累了，先回房休息。」說著，轉身便走。

身後，賀夫人氣得直跺腳，「看看，看看，都給你們父子倆慣成什麼性子了！退了這門親事，以後看誰敢娶她！」

「不要遷怒我啊，我是站在妳這邊的。」賀老爺十分委屈。

「哼！」賀夫人重重地哼了一聲，並不十分買帳的樣子。

賀可甜頭也不回，疾步走了。

一路疾步走回房間，賀可甜有些心煩意亂，把貼身伺候的侍女都打發了出去，連大字都不想寫，就這樣默默坐了一陣。

坐了一陣之後，她忽然起身走到拔步床邊，打開了床頭的暗格，暗格裡放著一個木匣子，那木匣子通體漆黑，表面油光水滑，一看便是經常被人撫摩把玩，十分珍視的。

賀可甜珍而重之地取出木匣子，將之打開，裡頭放著一卷畫，畫的是一幅仕女圖。

構圖十分巧妙，是一個女子正攬鏡梳妝，那女子側身而坐，只露了半張容貌，那半邊臉上有一個極其突兀醜陋的疤痕，鏡中也倒映著半張容顏，只是那半張容顏上，那突兀醜陋的疤痕處卻盛開著一朵嬌豔的花朵，襯得那半邊容貌也奪目了起來。

畫中的女子神色安寧，眉目帶笑，令人心嚮往之。賀可甜再次看到這幅畫，內心依然頗受震動，這圖中的仕女在她眼中是有靈魂的，即便容貌有瑕，但心花自開。

賀可甜想，她為什麼會這麼喜歡臨淵先生呢？所有的緣由，歸根結柢便是因為眼前這一幅畫吧！

賀可甜的長相因隨了爹，長得不好看，小時候更難看，連頭髮都沒有幾根，更慘的是，她還有一個貌美如花的兄長……因此她的童年過得十分淒涼，這當然是她自以為的，事實上爹娘一向是疼她多過兄長，可是那時她認定了爹娘對她的疼愛不過是出於憐憫。

也有碎嘴的婆子看到她的長相之後會暗地裡嚼舌根，說賀家再有錢又如何？閨女和兒子生錯了性別，這閨女長成這樣真愁人，以後可怎麼嫁人哦……

她自然不是忍氣吞聲的性子，轉頭就跟娘告狀了，娘當然立刻把那個碎嘴的婆子趕走了，還抱著她好生安慰了一番，可是陰影就此落下了，她的脾氣也變得越來越古怪。

她感覺自己就像是陰溝裡的老鼠，不肯見人，不敢見光。

直到……她認識了施伐柯，有一日去施伐柯家的當鋪裡玩，看到了這幅仕女圖，當時她便看得癡了，站在那幅畫前看了許久，挪不開目光，久到當鋪裡的小夥計都察覺到了她的異常。

「賀小姐，喜歡這幅畫嗎？」小夥計殷勤地上前來問。

賀可甜自然點頭，這幅畫她勢在必得。

「賀小姐真是好眼光，這可是臨淵先生親筆所畫。」小夥計極有眼色地誇讚道。

「臨淵先生？」賀可甜好奇地看向小夥計，這是她頭一次聽說這個名字。

「這臨淵先生啊，雖然不是什麼有名的大家，但最近也有了嶄露頭角之勢，很受歡迎喲，而且臨淵先生流出來的畫作並不多，本人也神秘得很，因此他的畫極具有收藏價值。」小夥計說得口沫橫飛，「這幅畫我們也是偶然得之，賀姑娘若是喜歡還是儘快下手，遲了可就買不著了。」

賀可甜聞言，又看了看那畫，卻是發現了不妥，便問道：「這畫怎麼沒有印章落款？」

「賀小姐您放心，這畫風這筆觸妥妥的臨淵先生無疑，這應該是臨淵先生練手之作，所以才沒有落印，但您看這圖中的仕女，眉目間似有靈氣，雖是練手之作，也已屬上乘了。」小夥計口若懸河、滔滔不絕。

「定價幾何？」賀可甜心動了，問。

說到底，她喜歡這幅畫，並不是因為是誰所作，只是單純喜歡這幅畫本身而已。

小夥計似乎是猶豫了一下，「因為沒有落款，就給您便宜點，一千兩吧！」

「這麼貴？」賀可甜一驚。便宜點還這麼貴？這臨淵先生究竟是何許人也？

「主要這是我們鋪子裡剛收的，如果賀小姐您出一千兩我就能作主直接賣給您，但如果低於這個價格，我就得請示我們東家才行了。」小夥計撓撓腦袋道。

賀可甜猶豫一下，「成，幫我打包。」

「好的！」小夥計喜笑顏開。

「小心點。」賀可甜又不放心地叮囑了一句，很緊張這幅畫的模樣。

也是，價值一千兩的畫呢。小夥計十分理解，脆聲應道：「放心吧賀小姐，我一準給您打包好了。」

那小夥計脆生生的聲音彷彿還在耳邊，賀可甜有些失神地看著眼前這幅畫，伸手輕輕撫了撫這畫中女子的容顏。便是這幅畫，讓她不再鑽牛角尖，讓她從陰霾裡走了出來。

她不再是那個性格古怪又不討人喜歡的小姑娘，她成了人人稱道的賀家大小姐，因為生得不好，她便格外珍惜自己的容貌，把皮膚養得白皙又細膩，一頭長髮烏黑又濃密，惹來銅鑼鎮中多少姑娘家羨慕。她習琴棋書畫，詩詞歌賦，她成了一個人人稱道的淑女。

這一切，都是因為眼前這幅畫，因為這幅畫，她愛上了臨淵先生。

可是，這真的是愛嗎？

就像阿柯說的，愛一個人怎麼可能連他站在自己面前都認不出來呢？賀可甜迷茫了。

一晃好幾日過去，銅鑼鎮上關於施家老三的傳說非但沒有要消停的跡象，反而是越演越烈，然後莫名其妙衍生出了各種版本，比如施老三在外頭遊學的時候調戲了人家大姑娘，又始亂終棄，被打得不能人道了；又比如施老三性喜漁色，整日流連青樓妓館，把身子掏空了，自此不能人道；還有人說施家老三最是擅長畫人物，尤其是美人，一看便是個輕佻好色的性子。言之鑿鑿，彷彿親眼所見，更有甚者，說施老三是個天閹，天生不能人道的，要不怎麼面白無鬚，長得跟個小姑娘似的漂亮呢……

因為不舉的流言在銅鑼鎮傳得沸沸揚揚，饒是向來臉皮奇厚的施三哥都有點受不住，最近都不愛出門了，整日窩在家中作畫……甚至，彷彿為了證明什麼似的，還蓄起了鬍鬚。

嗯，該怎麼講呢，有這麼一種人，不留鬍鬚的時候天生一張人畜無害、毫無攻擊力的娃娃臉，可是一旦留起了鬍鬚，還真是莫名有點……帥呢！

這日豔陽高照，知了不停地叫。這樣熱的天氣，施伐柯抱來一個用井水湃過的寒瓜，一切兩半，與三哥共用。

施伐柯吃一口寒瓜，看一眼三哥。

「為何一直看我？」施三哥斜睨了她一眼。

「咳。」施伐柯差點被寒瓜的籽嗆到，她訕訕地笑了笑，「只是想不到三哥你還蠻適合蓄鬚的。」蓄起了翳鬚的三哥有種既危險又迷人的魅力呢！

施三哥「呵」地笑了一下。

哦喲，施伐柯捂住心口，三哥真是越來越妖孽了。

兄妹兩正吃瓜呢，忽聽外頭有人敲門。

「這大中午的，會是誰？」施伐柯有些疑惑。

這兩日持續高溫，尤其是正午時分，一動便是一身汗，連他們家狗勝都無精打采的，吃飯也不香了，爹為此可是擔心得很，正考慮要給狗勝調整伙食呢。

這廂，兄妹倆對視一眼，施伐柯體諒三哥最近心靈受到了重創，很是善解人意地起身道，「我去開門吧。」

說起來……陸二哥也該回來了呢。

施伐柯這麼想著，走過去開了門，在看到門外站著的人後愣了一下，然後下意識便堵住了門口，將她攔在外面，一臉戒備地道：「可甜？妳來幹什麼？」

賀可甜默默看了她一眼，「幹嘛一副很驚訝的樣子，不歡迎我嘛。」

很明顯是啊！難道這肢體語言表達得還不夠明確嗎？施伐柯沉默了一下，實在說不出違心之言，畢竟……三哥就在院子裡坐著呢，他寧可自汙來保全賀可甜的名聲，說對可甜無心誰信？明知道這份感情不會有回應，卻偏要讓他在這當頭再次見到可甜，也未免太殘忍了。

「怎麼，結不成親這是要結仇了？」賀可甜見施伐柯一副默認不歡迎她的樣子，聲音一下子便尖銳了起來。

這幾日她也不好過，娘不願意搭理她，爹和娘統一戰線也不敢搭理她，她也知道這些日子外頭那些針對施三哥的流言蜚語有多難聽，難過和愧疚在心裡交織，她都開始掉頭髮了！

今早起來看到枕上那絲絲縷縷的頭髮，她就知道這事兒不能再這樣下去了，她決定來和施三哥道歉……哪怕是為了讓自己的良心好過點。

「不是，我三哥在家呢。」施伐柯小聲道，希望她識相點趕緊走。

誰知道賀可甜非但沒有識趣地轉身離開，反而直接擠開了她，蠻橫地闖進了院子，「我就是來找施三哥的。」

施伐柯傻眼，忙不迭地想拉住她，賀可甜卻是走得飛快，然後……她突然停下了腳步，因為，她看到了正坐在院子裡的施三哥。

他看起來有些消沉、有些憔悴，還蓄起了鬍鬚，整個人看起來頹廢極了……但不知為何，賀可甜感覺自己的心跳突然不受控制地加快了。

剛剛擠開施伐柯，一路跑得飛快的勇氣一下子就消失了，她站在原地，訥訥地喊了他一聲，「三哥。」

施伐柯忍不住翻了個白眼，「好了，見也見著了，妳找我三哥到底有什麼事？」語氣很是不善。

施三哥搖搖頭，一臉不贊同地對施伐柯道：「阿柯，來者是客，別這樣失禮。」然後又看向賀可甜，笑了一下，道：「賀小姐，找我有事嗎？」

彬彬有禮到簡直不像施三哥了呢……賀可甜看著他，眼圈卻是一下子紅了。

他叫她賀小姐！明明以前都親切地叫她賀家小妹妹的！現在竟然叫她賀小姐……果然是在怨她吧！

見賀可甜突然紅了眼圈一副要哭的樣子，施三哥猛地站了起來，看起來有些無措，「這是怎麼了？」

賀可甜咬住唇，搖搖頭，明明這一路她想了很多，想過應該怎麼講才會讓自己的良心好過一點……可是此時面對施三哥，她卻一句話都講不出來了。

施三哥撓撓腦袋，求助一般看了施伐柯一眼。

「……賀可甜，妳哭什麼。」施伐柯有些煩躁地扒拉了一下頭髮，「妳到底來幹嘛的啊。」

「我、我來買畫的！」賀可甜福至心靈，忽然道。

她想起了之前偶爾聽到院子裡的小丫頭嚼舌根，說施三哥自小喜歡畫畫，如今還將畫放在了自家的當鋪裡售賣，又講笑話一般說起當年他一幅畫賣了一百兩，很是洋洋得意，結果那麼巧他們家當鋪撿了個漏，得了一幅臨淵先生的練手之作，轉手竟賣了一千兩的高價，可把施三哥氣得夠嗆，後來好些年都不曾再賣過畫了。

想起這事……賀可甜便有些心虛氣短，因為那幅臨淵先生的練筆之作，便是她花了一千兩高價買回去的那幅仕女圖。想到當年因為自己的無心之舉竟然給施三哥留下了沉重的心理陰影，賀可甜便覺得越發的過意不去了。

施三哥聞言，眼神微微一閃。

「妳喜歡的話，去我書房挑便好了，何談買賣呢。」施三哥笑著道，隨即頓了頓，似乎是察覺自己這話有些不妥，又解釋道：「妳和阿柯是好朋友嘛。」

賀可甜面上微微一熱，又覺得鼻子微酸。

施三哥真是一個貼心又善良的人，她本來想用這個作藉口高價買一幅畫回去，求個心安的，可是光風霽月的施三哥讓她覺得自己好卑劣……簡直自慚形穢啊！賀可甜收斂了情緒，拉上阿柯去了書房，施三哥因為要避嫌，留在了院子裡，沒有同去。

被賀可甜強行拉走的施伐柯忍不住頻頻回望站在原地的施三哥……今日的三哥看起來有點古怪啊，脾氣好到簡直不像他了，總覺得哪裡怪怪的呢！

唔，也許是因為愛？不是都說愛使人卑微嘛。

可是，還是覺得哪裡怪怪的啊，施伐柯有點糾結。

站在原地的施三哥自然看明白了自家妹妹的疑惑和糾結，他笑而不語，只微笑著目送賀可甜拉著自家妹妹去了他的書房，然後翹了翹唇角，看起來心情很好的樣子，哪裡還有先前的半分頹唐。

唔，很期待賀家小妹妹看到那幅畫時的反應呀！

已經走到書房門口的施伐柯忽然打了個寒顫，她抬頭望了望天，頭頂豔陽高照，陽光刺得眼睛都睜不開，這炎炎夏日……怎麼突然就感覺有點涼意呢？

就在施伐柯腳步微頓的瞬間，賀可甜已經踏進了書房。

施伐柯莫名有了一種會發生點什麼的預感，趕緊跟了進去，便見賀可甜正好奇地四下打量著書房的陳設，完全不像是來挑畫的樣子，不由得蹙了蹙眉，直截了當地道：「賀可甜，妳今天到底來幹嘛的？」

「來買畫啊。」賀可甜一邊心不在焉地回答，一邊仍是四下打量著。

「這話妳也就騙騙我三哥，真不知道我三哥明明那麼聰明的一個人，怎麼撞妳手裡就跟個傻子似的。」施伐柯翻了個白眼，又道：「況且妳不是一直喜歡臨淵先生的畫嘛，什麼時候又改了口味，看上我三哥的畫了？」說者無意，聽者有心。賀可甜聽到這句話，心裡如同打翻了五味瓶一般，真是酸甜苦辣什麼味道都有。

「我喜歡臨淵先生的畫，難道就不能喜歡施三哥的畫了嗎？」賀可甜瞪了她一眼，不甘示弱地道。

「好吧好吧，既然是來買畫的，趕緊挑一幅畫走吧，別再在我三哥心口戳刀子了，最近也別來找我了。」施伐柯很是無情地道。這句話，賀可甜沒應，當沒聽到似的。

施伐柯簡直拿她沒辦法，只得又苦口婆心地道：「這也是為妳好啊，這兩家剛退親，妳得要避嫌啊，不然還不知道外頭又會傳出什麼閒話來。」

「我身正不怕影子斜。」賀可甜哼了一聲。

現在倒是這麼說了……那當時怎麼一副避之唯恐不及的樣子，施伐柯忍不住腹誹，但她知道賀可甜是個吃軟不吃硬的性子，只得又耐著性子哄道：「可是人言可畏啊！回頭陸二哥回來若是聽到那些流言蜚語，總是不美的。」

若是以前，施伐柯但凡提到臨淵先生陸池，總是無往不利的，可是這一回不知道為何，賀可甜聽她提起陸池，心頭竟忍不住一陣煩躁。

「這事兒與他何干？」她蹙起眉，不輕不重地回了一句。

施伐柯一愣，「怎麼就跟他無關了？妳不是說中意他嗎？我都答應了等陸二哥回來就替妳向他提親了啊。」賀可甜一窒，莫名又開始煩躁起來。

施伐柯見她不說話了，以為她終於想明白了，又苦口婆心地勸道：「若是我上門去替妳提親的時候，再傳出妳和我三哥的流言蜚語怎麼辦？所以還是避一避嫌吧，最近不要來找我了。」想想這樣講彷彿又有些無情，又補了一句：「實在不行，我去妳家找妳玩啊？」

賀可甜卻完全沒有體會到施伐柯的用心良苦，只覺得她實在聒噪。

「可甜？妳覺得如何？」見她不答，施伐柯追問，一副她不答應就不甘休的樣子。

賀可甜卻已經聽不到她說什麼了，她所有的注意力都被書桌上那幅攤開的畫作吸引了過去，那是一幅只畫了一半的仕女對弈圖，雖然還沒有全部完成，但其中一名女子已經畫好了，那女子一手執著棋子，眉目清秀，體態美好，神情嫻靜中透著一絲狡黠，似乎眼前這盤棋大局已定，透著一種勝券在握的悠然之態。

栩栩如生。

這分明是她和施伐柯對弈時的景象，這畫中的女子不是旁人，正是賀可甜，且這作畫之人十分善於發現她的優點，明明只能算是清秀的容貌卻愣是畫出了令人驚豔之感。

賀可甜呆呆地看著，心裡頭突然就掀起了一股濤天巨浪。

久久得不到賀可甜的回答，施伐柯瞥了一眼，見她的注意力被書桌上擺著的那幅畫吸引了，不由得有些無奈地道：「那幅畫還沒完成呢，妳在櫃子上挑。」

賀可甜卻是置若罔聞，她緊緊地盯著那幅未完成的仕女圖，「這是……誰畫的？」她的聲音不自覺帶著顫抖，其實答案早已經知道了不是嗎？

「這是我三哥的書房，當然是我三哥畫的啊。」施伐柯一臉的莫名其妙。

果然啊。賀可甜眼睛一眨不眨地盯著眼前這張未完成的仕女對弈圖，這是一幅工筆畫，以細線為主，筆筆送到，尤其是臉部和手部，均用遊絲描的手法，以淡墨勾勒，線條勻稱而有力，然後是著色，細緻的著色手法，讓整幅畫都鮮活了起來。

若是早些年，賀可甜定然看不出這些門道，就像當年高價買下那幅帶給她極大震動的仕女圖一樣，只知道畫中的人物觸動了她，至於什麼筆法什麼構圖，她是通通不懂的。

然而這些年她在畫上下了不少功夫，她也曾疑惑過為何臨淵先生後來的畫作多以山水花鳥為主，再不曾畫過人物，即便在施伐柯房中看到的那幅有人物的畫作，也是寫意的畫法，並且是人在景中，非是以人為主。

她只當那幅仕女圖是臨淵先生早年心血來潮之作，也驕傲自己喜歡的臨淵先生不管是工筆還是寫意都如此出色，就是沒想過那幅仕女圖的作者……可能另有其人！

而眼前這幅未完成的仕女對弈圖，便是一幅極為出色的工筆仕女圖，且不管是下筆的手法還是著色的習慣，都與當年那幅仕女圖如出一轍，若說不是出自同一人之手，那除非是此畫的作者有意模仿前作，可是眼前這幅畫不管是從畫風還是構圖都明顯要更加成熟和穩健。

賀可甜心裡隱隱有了一個猜測……不，不是猜測，是一個呼之欲出的答案。這個答案讓她的心瞬間亂成一團，她咬了咬唇，一言不發，忽然掉頭就走。

「誒？可甜？可甜！」施伐柯愣了一下，不是說來買畫的嗎？怎麼突然就空手走了？

賀可甜卻是完全不理會施伐柯的呼喊，頭也不回地跑了。

施伐柯一路追出去，只看到她毫不淑女地拎著裙擺一路跑出大門的背影……

「三哥，可甜這是怎麼了？她出來的時候有跟你說什麼嗎？」施伐柯看向站在一旁的施三哥，一頭霧水地問。

施三哥一臉無辜地看著她，「是妳陪她去書房的啊，為什麼問我？」

……也是哦。可是她真的不知道賀可甜突然受了什麼刺激啊！

施伐柯想了想，忽然一臉狐疑地看向自家三哥，「她好像是在看到你書桌上那幅對弈圖之後才變得奇怪起來的，你讓我帶她去書房真的沒有什麼陰謀嗎？」

施三哥抿了抿唇，有些受傷地看著她，沉默。

施伐柯被他這表情看得頭皮一麻，迅速地為自己的小人之心道歉，「對不起我不應該懷疑你的三哥！」施三哥滿意地收回了視線，轉而坐下繼續吃寒瓜去了。

「……」為什麼又有了那種奇怪的感覺啊！總覺得三哥在準備使什麼壞！

但是這一次施伐柯學乖了，再沒敢開口說出自己的猜疑，只是默默地坐下，捧起了屬於自己那一半寒瓜，然後發現……嗯？中間最甜的那塊不見了！她準備留到最後再享受的那一塊！最好吃的那一口！被吃掉了啊！

「三哥！」施伐柯憤怒地瞪向施三哥。

施三哥看了她一眼，先是露出了一個疑惑的表情，在注意到施伐柯臉上的憤怒之後，才恍然大悟道：「啊……我還以為妳不吃了，扔掉怪可惜的，就幫妳吃了。」

……真是謝謝你哦！施伐柯磨了磨牙，確定了，三哥絕對、絕對不是好人！

什麼善解人意、溫文爾雅都是裝出來的！他一定在準備使什麼壞！而且看他面對賀可甜時那詭異的態度，似乎是沖著賀可甜去的？施伐柯竟然開始有點替可甜擔心了。

被她三哥盯上，有點可憐啊……不行，她得尋個恰當的時機提醒她一下。

然而賀可甜完全沒有聽到施伐柯的心聲，她匆匆趕回賀府，從拔步床的暗格裡取出了那個十分寶貝的木匣子，又匆匆趕去了施家。

「快點。」賀可甜抱著木匣子坐在馬車裡，有些焦急地催促。

「小姐，已經是最快了……」駕車的車夫有些無奈地道。

賀家的馬車好不容易在施家門口停了下來，賀可甜不待車夫放下腳踏，便已經拎著裙擺跳了下來，咚咚咚敲響了施家的大門。

這廂，施伐柯正琢磨著要不要去一趟賀家提醒可甜要小心她三哥，便聽到自家大門被人捶得震天響，透著一副來者不善的樣子，不由得有些緊張地看了施三哥一眼。

施三哥輕笑一聲，起身揉了揉她的腦袋，「莫怕，我去看看。」

施伐柯鼓起腮幫子，不要揉她的頭髮！

施三哥卻是心情很好的樣子，他笑著去開了門，然後，便看到了氣勢洶洶的賀可甜，他頓時露出了一個有些驚訝的表情，「……賀小姐？」

這一聲「賀小姐」聽在此時的賀可甜耳中可以說更加刺耳了，她看了施三哥一眼，二話不說一把扯住了他的衣袖，「你跟我來。」

「嗯？」施三哥十分被動地被她拉著往院子裡走。

「可甜？」站在院子裡的施伐柯愣了一下，很是驚訝的樣子，「妳怎麼又來了？」

聽聽、聽聽這嫌棄的語氣。賀可甜翻了個白眼，沒有理她，直接拉著施三哥進了書房。

……其實以施三哥的力氣真要甩開她又怎麼可能甩不開呢，但他偏就假惺惺一臉錯愕地被賀可甜拉進了書房。

「誒？可甜妳要幹什麼？」施伐柯一看，忙追了上去，「可甜妳聽我說……不要中計啊！」話音剛落，書房的門便「碰」地一聲關上了，把施伐柯關在了門外，大力甩上的門板還差點撞上了施伐柯的鼻子。

施伐柯下意識後退了一步，又忙捶門，十分操心地道：「可甜，妳快開門啊！妳不能和我三哥待一起！孤男寡女共處一室對妳名聲有礙啊！妳不要上當！」她三哥就是一隻狡猾的狐狸啊！妳玩不過他的！

書房裡，顯然賀可甜並沒有要領她情的意思，她十分冷靜地對著門道：「妳要不放心就守在門外好了，我就和妳三哥談談，妳不傳出去誰知道我們孤男寡女共處一室了？」

施伐柯噎了一下，知道他們不談完這書房的門是不可能會開了，只得默默在書房外坐下，同時豎起耳朵試圖偷聽。

奈何他們說話的聲音不大，模模糊糊地根本聽不真切。

書房裡，賀可甜故意拉著施三哥離門遠了一些，以防施伐柯偷聽……然後一抬頭，便對上了施三哥深邃的眼睛，他蓄了鬚的樣子十分有攻擊力，賀可甜拉著他衣袖的手彷彿被燙著了似的，一下子縮了回去。

書房裡靜了靜誰也沒有先說話，奇怪的是，這靜謐並不尷尬，反而透著一絲莫名曖昧。

許久，還是施三哥先開口了，「賀小姐，妳……」這一聲「賀小姐」顯然是又刺激到了賀可甜，她「砰」地一聲，氣勢十足地將一直抱在懷裡的木匣子重重地放在了書桌上。

力道之重，便是連施三哥都嚇了一跳，他垂眸，視線落在那個通體漆黑油亮的木匣子上，眸光閃了閃，「這是什麼？」

賀可甜一言不發地打開木匣子，從裡頭取出了那卷仕女圖，展開。

「咦？」施三哥露出了一個驚訝的表情。

賀可甜抬起頭，定定地看著他，目光灼灼地問：「這畫，是誰畫的？」

施三哥抬手摸了摸鼻尖，露出了一個有些羞赧的表情，「早年不知天高地厚，拿了兩幅畫放在鋪子裡售賣，一幅賣得了一百兩銀子，另一幅後來鋪子裡盤貨的時候發現不見了，我還當是丟了呢……」說著，他有些好奇地看向賀可甜，「這畫，怎麼在妳手裡？」

果然如此！賀可甜忽然就哭了。

見她哭，總是智珠在握的施三哥總算是慌了神，「哎呀……妳、妳別哭啊，這是怎麼了？」他忙拉起袖子去替她擦眼淚，很是無措的樣子。

「這幅畫是我買的！」賀可甜哭著道。

「誒？」施三哥頓了頓，露出了一個驚訝的表情。

「花了我一千兩呢！你們店裡的小夥計說這是臨淵先生的畫作，賣了我一千兩！」賀可甜哭喊，實在是委屈極了。

施三哥眼角抽搐了一下。

這……不按套路來啊，不是應該在知道了真相之後撲進他懷裡要再續良緣嘛……

「你們這是奸商！是欺詐！」賀可甜再接再厲地哭道，施三哥眼角抽搐得越發厲害了。

「妳放心……這事兒我一定會跟我爹和二哥講的，一定會補償妳的損失。」施三哥抽搐著嘴角，放柔了聲音哄道。

「你要怎麼補償？」賀可甜眼睛哭得紅紅的，十分委屈，「我那麼喜歡那幅畫……」以及畫出這幅畫的人，可是，她竟然一直都弄錯了，還鬧出這麼多事。

賀可甜越想越傷心，直哭得上氣不接下氣。

施三哥揉揉腦袋，被她哭得頭暈，「好好好，那妳說怎麼辦就怎麼辦啊……」

賀可甜抽噎了一下，抬起紅得跟兔子一樣的眼睛看向他，還打了個嗝，「真、真的？」看起來可憐兮兮的。

「真的！」施三哥怕她再哭，忙不迭地點頭，心裡已經有點後悔不該欺負她了……換個法子不成嘛，非得惹她哭。

「那你娶我。」賀可甜看著他，冷不丁蹦出四個字。

「什麼？」施三哥這次是真的結結實實地愣住了。

賀可甜仰著腦袋，瞪大眼睛看著他，一副他若不同意就哭給他看的樣子，看起來囂張得很，可實際上一顆心卻提得高高的，直打鼓。

畢竟，當初她拒絕了臨淵先生的求親之後，臨淵先生便一直對她不假辭色，再沒給她機會，如今她在婚期都定了的情況下又鬧騰著解除了婚約……甚至鬧得這樣大，害得他不惜自汙來保全她，現在卻又突然反口想要嫁給他，便是連她自己都覺得很過分。

他會因此看輕她嗎？也許會嘲笑她給臉不要臉，自取其辱吧。

賀可甜想著想著，又想哭了。

施三哥眼神閃爍了一下，「妳……不是不願意嫁給我嗎？」

「現在我願意了。」賀可甜梗著脖子道，完美地詮釋了什麼叫色厲內荏。

施三哥一下子笑了起來。

見他發笑，賀可甜蓄在眼眶裡的淚水一下子滑了下來，她就知道……她就知道會是這樣，在發生了這麼多事之後，施三哥才不會娶她，她現在不過是自取其辱罷了。

正哭著呢，便聽他笑著道：「好。」

「誒？」賀可甜一下子呆住，一滴眼淚要掉不掉地掛在眼睫上。

「既然如此，如妳所願。」施三哥笑著伸手替她拂去了眼淚，「事實上，在下樂意至極。」

賀可甜呆呆地看著施三哥，然後，後知後覺地羞紅了臉……在這個當頭，她忽然想起了娘說的話。

娘說，她和施三哥合婚得出的結果是難得的上上簽，是天作之合。

他們合該在一起的。

落日熔金，暮雲合璧。

已是將近傍晚時分，書房裡頭卻是漸漸沒了動靜。

此時書房外頭，施伐柯已是憂心如焚，可是她卻什麼都幹不了，只得守在書房的門外乾瞪眼……說起來她先前還聽到了賀可甜的哭喊聲，一想起這個施伐柯就急得團團轉，三哥可千萬別犯什麼錯誤啊！

這個時辰，施家的其他人也都陸續歸家了。

「阿柯，妳鬼鬼祟祟地站在妳三哥書房外頭做什麼？」陶氏走了過來，一臉奇怪地看著她。

「娘！」施伐柯一副彷彿見到了救星的表情，忙一把拉過娘親的手，指了指書房，皺著一張臉壓低了聲音道：「三哥和可甜在裡頭呢，已經過了好久了，他們不讓我進去，我有點擔心啊。」陶氏臉色也是一變。

「娘啊……三哥不會幹什麼傻事吧……」施伐柯十分擔憂地道。

陶氏嗔了她一眼，「當妳三哥什麼人呢。」

娘啊，三哥不是什麼好人！施伐柯鼓了鼓腮幫子，正要告狀三哥吃了她最甜的那一口寒瓜的時候，書房的門突然打開了，三哥和可甜雙雙走了出來。

「娘，妳回來了。」三哥神情自若。

「陶姨。」賀可甜眼圈微紅，似乎是哭過了，情緒卻是極好的樣子，眼睛亮晶晶的，臉頰也紅撲撲的。

……到底剛剛在書房裡發生了什麼事啊！施伐柯又擔心又好奇。

「你們都圍在這裡做什麼？」這時，外頭傳來了施二哥的聲音，然後便見施家父子三人也從外頭走了進來。

好嘛，施家人都到齊了。

賀可甜想起剛剛在書房裡說定的事情，垂下頭露出了害羞的表情。

施伐柯瞪大了眼睛，賀可甜這是在害羞？太驚悚了啊……三哥到底對她做了什麼啊！

「爹、大哥、二哥，你們來得正好。」施三哥說著，又看了陶氏和施伐柯一眼，笑了笑，道：「還有娘和阿柯，我有件事想和你們講。」

「什麼事這麼興師動眾的？」施長淮一頭霧水。

陶氏看了一眼自家眼帶笑意的么兒，又看了一眼越發害羞的賀可甜，似是猜到了他接下來要說什麼，不由得高高地挑起了眉毛。

「我想和可甜成親。」施三哥微笑著宣佈。

果然……陶氏很鎮定。

可是其他人就沒這麼鎮定了，一時之間，書房門口一片安靜，施家父子幾人面面相覷，最後還是大家長施長淮皺著眉頭開了口，「不是剛解除婚約嗎？這又鬧的什麼情況？」

賀可甜羞紅的臉倏地就白了。

「先前可甜對我有些誤會，如今誤會解開了，所以才會重提婚事，還望爹娘能夠諒解。」施三哥神情自若地說著，隨即安撫性地握了握賀可甜的手，又笑道：「再者，能夠皆大歡喜難道不是再好不過的事嘛。」

喂……大庭廣眾之下，說話就說話，先把你們的手放開啊！施伐柯無聲吶喊。

施長淮皺著眉沒說話，陶氏看向有些無措的賀可甜，神色溫和地問她，「可甜，妳怎麼講？」

「娘……」施三哥有些不贊同地喊了陶氏一聲。

婚姻本是父母之命，媒妁之言，賀可甜先前的行為已是驚世駭俗，好在他們施家也並不是那等迂腐的人家，可是現在娘這樣當面問可甜的意思……著實是有些讓人難堪。

眾目睽睽之下，賀可甜蒼白的臉頰又迅速燒紅，但她並沒有退縮，只側頭看了施三哥一眼，然後鼓起勇氣點頭道：「是，我想嫁給施三哥。」施三哥已經同意娶她了，她已經跨過了最難的一關，現在他們兩人心意相通，她還有什麼可怕的呢？

聞言，施三哥眼中閃過一絲動容，他知道將這樣的話宣之於口，對於一個姑娘家而言有多不容易，若是一般的姑娘可能會就此退縮，但他的可甜畢竟不是一般的姑娘，她向來敢於直視自己的心，她是一個勇敢的姑娘。這麼想著，施三哥深情款款地側過頭看了賀可甜一眼，賀可甜亦是心有靈犀地側過頭看了他一眼。

兩人對視，簡直是旁若無人的甜蜜，看得至今還未有著落的施大哥和施二哥一陣牙疼。偏這個時候，施伐柯忍不住跳了出來，她一把拉過賀可甜，十分鄭重地道：「可甜妳不要怕，三哥是不是威脅妳了？妳告訴我，我會護著妳的。」

施三哥眼角跳了一下，努力告訴自己這是親妹妹，不能打死，只能忍著……何況向來偏心眼又護短的爹正在一旁虎視眈眈！

賀可甜的臉也是抽搐了一下，但隨即想到阿柯這也是擔心她，而且……這以後就是她的小姑子啊！於是她含情脈脈地看了施三哥一眼，這才轉過臉對施伐柯道：「阿柯，不要胡說，我和三哥是兩情相悅啊，這是再美好不過的事情了。」

施伐柯猛地瞪大眼睛，露出了不敢置信的表情，她狐疑地看了自家三哥一眼，不知道他到底給賀可甜灌了什麼迷魂湯，竟然就讓賀可甜改變了主意。

「妳跟我來！」施伐柯說著，不顧賀可甜的意願，強行將她拖走了。

「哎呀，妳帶我去哪……」施伐柯才不管她，一路將她拉出了自家大門，尋了個僻靜之處，然後終於停下了腳步，轉過身一臉認真地盯著她。

「幹、幹嘛這樣看著我？」賀可甜被她認真的表情嚇到，往後退了一步，結結巴巴地道。

「還記得這是哪兒嗎？」施伐柯問。

「……這不是妳家門口嗎？」賀可甜一臉莫名其妙地道。

「還記得，上一次妳在這個地方，跟我說了什麼嗎？」施伐柯又問。

賀可甜一愣，小心翼翼地左右看了看，然後表情變得有些尷尬了起來。

「記起來了？」施伐柯幽幽地道，「上一回，妳怒氣騰騰地拉著我來這裡，告訴我妳想嫁的人不是我三哥，是臨淵先生，而且臨淵先生就是陸池，對嗎？」

賀可甜的視線左右游移了一下，有些不敢直視未來小姑子的眼睛。

「我答應妳將這門婚事作罷，並且答應等陸二哥回來就替妳向他提親，現在妳告訴我，妳要嫁給我三哥？」施伐柯皺起眉頭，認真地看著她道：「可甜，妳想嫁的人究竟是誰？」

這一次，賀可甜沒有遲疑，她很快說出了答案，「妳三哥。」然後，她看著施伐柯又認真重複了一遍，「我想嫁給妳三哥。」斬釘截鐵的語氣。

施伐柯一臉錯愕，「那陸二哥怎麼辦？」

賀可甜瞪大了眼睛，比她還要錯愕：「關我什麼事？」

……很好，完全是賀可甜式的翻臉無情，完美地詮釋了什麼叫翻臉比翻書還快，明明之前還一副非君不嫁的樣子呢？這會兒就關她什麼事了？施伐柯有點心塞。

「阿柯、可甜，妳們聊好了嗎？」這時，大門口傳來了施三哥的聲音。

……之前不是還叫賀小姐的嗎？這麼快就改口叫可甜了啊，施伐柯默默腹誹。

「施三哥！」賀可甜眼睛一亮，快步走了過去，施三哥溫柔地執起了她的小手。

施伐柯眼角一抽，辣眼睛！她板著臉走上前，像個討人厭的老古板一樣，一把扯開他們的手，黑著臉道：「男女授受不親，在大門口拉拉扯扯的像什麼樣子。」說著，還擠進了賀可甜和施三哥之間，避免他們靠得太近。

「我正想跟妳說呢，阿柯。」施三哥也不生氣，逕自笑咪咪地看著她道。

「說什麼？」施伐柯一臉警覺地看著他。

「一事不煩二主，我和可甜打算還是請妳做媒人。」施三哥彎著眼睛道。

施伐柯板著的臉有點撐不住了……

賀可甜多聰明的人，一看就有門，立馬接著道：「是啊，不過阿柯現在可是銅鑼鎮有名的大媒了呢。」說著，又拉著施伐柯的手晃了晃，撒嬌道：「阿柯，妳可不能不管我啊……」

施伐柯有點飄飄然，差點繃不住臉。

「那這件事就勞煩阿柯了，到時候我們一定會給妳包一個大大的媒婆紅包的。」施三哥忍俊不禁地道。

既、既然都這樣懇切地請求了……施伐柯抬起下巴，矜持地點點頭，算是應了。

賀可甜一下子抱住了她，「我就知道阿柯對我最好了！」施伐柯象徵性地掙扎了一下，沒掙開也就隨她去了，咳，可甜真是越來越不好對付了啊！

賀可甜才不管，她緊緊地抱著施伐柯不撒手，並且下定決心再不和施伐柯鬧小性子了，畢竟以後她可是要當她嫂嫂的人啊，自然要有個做嫂嫂的樣子才行。

想到這裡，賀可甜突然想到，她之前還試圖慫恿自家哥哥去娶施伐柯呢……這要是成功了，阿柯豈不成了她嫂嫂，真是好險！

「對了，我和可甜打算將婚期提前。」一旁，施三哥又默默地補充了一句。

「什麼？」施伐柯一呆。婚期還要提前？這麼迫不及待的嗎？

對上施伐柯驚詫的目光，賀可甜羞答答地垂下了眼睫，「我想如果我們早一些成親的話……那些莫名其妙針對施三哥的流言蜚語就會不攻自破了吧！」所以，要將婚期提前這件事還是她主動提起來的呢。

當然，最主要還是為了防止夜長夢多……果然還是早一點嫁給施三哥才能徹底安心啊！

施三哥聞言，一臉感動地看向賀可甜。

見他們又開始旁若無人地眉目傳情，施伐柯嘴角抽了抽，冷不丁問了一句：「請問，賀伯伯和賀伯母知道這件事嗎？」

「我爹娘本來就因為之前取消婚約的事情跟我鬧呢，尤其是我娘，念叨得我都開始掉頭髮了，怎麼可能不同意。」賀可甜毫無負擔地道，「知道我要嫁給施三哥，他們不知道多開心呢。」

「那賀大哥呢？」施伐柯又幽幽地問了一句。

不知道為何，聽了這句話，賀可甜突然打了個寒顫，但是，這件事肯定要說出來的，賀可甜想，她已經義無反顧了。

賀可甜到家的時候，天已經黑了，迎面正好碰上了賀可鹹，他一副正要出門的樣子，看到她回來，賀可鹹停下腳步蹙了蹙眉道：「怎麼這麼晚才回來？」

「陶姨留我吃飯了。」賀可甜笑咪咪地道，心情很好的樣子。

聞言，賀可鹹的眉頭蹙得越發的緊了，「妳才和施老三退婚多久就上人家那吃飯？不知道要避嫌嗎？」

「不用了。」賀可甜擺擺手，滿不在乎地道，「以後都不用避嫌了。」

賀可鹹突然有了些不大美妙的預感，「什麼意思？」

「因為我就要嫁給施三哥了啊，以後還避什麼嫌嘛。」賀可甜眨了眨眼睛，有些害羞地道，「我正準備回來跟你們講這件事呢，爹和娘呢？他們知道了一定很開心……」賀可甜語氣歡快地說著說著，突然就閉上了嘴，她猛地後退一步與自家大哥拉開了距離，然後小心翼翼地看了他一眼，「大哥……你怎麼了？」她從來沒有在大哥臉上看過這樣可怕的表情，像要吃人一樣。

「妳說什麼？」賀可鹹面無表情地看著她，「妳再說一遍。」

「我、我說我要嫁給施三哥啊。」賀可甜戰戰兢兢地道。

「當初說絕不嫁給他的人是妳，現在說要嫁也是妳。」賀可鹹冷著臉道，頓了頓，又問，「為何突然改變了主意？」

賀可甜不想坦承自己是犯蠢認錯了人，支支吾吾地張了張口，「就、就是因為……」

正在她絞盡腦汁，不知道該怎麼說的時候，賀家夫婦忽然快步走了出來，賀夫人臉上掛著欣喜的笑容，「可甜妳剛剛說什麼？是真的嗎？」

「娘……」賀可甜一副見到救星的表情，忙不迭地躲到了賀夫人的身後，小心翼翼地瞧了面色陰沉的大哥一眼，然後果斷抱住了娘親的胳膊。

「娘，是真的，我想嫁給施三哥，我都跟施家說好了。」

賀可鹹的臉色更難看了，「沒規矩！妳一個姑娘家在退了婚之後，又眼巴巴地送上門說要嫁給人家，這是在輕賤妳自己！」這話太重，說得賀可甜一下子紅了眼眶。

「可鹹！怎麼可以這樣說妳妹妹。」賀夫人亦是不悅地沉下臉，賀可鹹自然也知道自己把話說重了，可是心中實在氣惱，又拉不下臉來道歉，只得負氣地撇開了臉。

賀夫人沒搭理蠢兒子，轉頭拍了拍賀可甜的手，「施家怎麼說的？」

「當然是同意了啊！」賀可甜瞪了自家蠢哥哥一眼，鼓著腮幫子道，這麼說的時候，眼中卻是喜氣洋洋的。

「施家是厚道人家。」賀夫人欣慰地點點頭，然後又拿指頭戳了戳賀可甜的額頭，「妳這孩子，總算是想通了。」賀可甜也沒躲開，笑嘻嘻的。

這邊母慈女孝，賀可鹹卻是快要氣死了，「我不同意！」他道。

「為什麼？你憑什麼不同意！」賀可甜一聽，大概有爹娘撐腰的關係，都顧不上害怕了，直接跳起來與蠢哥哥對峙。

「妳不是向來心高氣傲嗎？婚姻講求一個門當戶對，而且抬頭嫁女，低頭娶媳，妳和施老三，不配。」賀可鹹十分刻薄地道。

「配不配你說了不算，我自有爹娘作主！」賀可甜雙手叉腰，囂張極了。

賀可鹹被氣了個仰倒，「好好好……我本來還想說要把盛興酒樓送給妳當嫁妝的呢，既然不用我管，那就算了！」

先前用得著他時便說他是世上最好的哥哥，這會兒用不著他了，就一切自有爹娘作主了？

賀可甜也生氣，「我才不稀罕！你這個吝嗇、龜毛、壞脾氣、不講道理又不通人情的壞蛋！」

……所以這才她的真心話吧！賀可鹹快氣死了，這一瞬間，他忽然覺得把蠢妹妹嫁出去也好，就讓她去禍害別人家去吧！

兄妹感情，就此破裂！

不管賀可鹹是怎麼想的，這門婚事終於還是定了下來，畢竟爹娘都站在賀可甜那邊，先前賀可甜不同意他還能名正言順地出手攔一攔，但是現在蠢妹妹非但鬆了口，還擺出了一副非君不嫁的樣子，他還能有什麼立場反對這門婚事呢？

況且，這些天賀可甜臉上那蠢兮兮的笑容就沒落下過，賀可鹹已經許久不曾看到妹妹這麼開心了，他再卑鄙，也不至於為了自己就拆散妹妹的姻緣。

婚期最後訂在了六月底，時間實在很趕，但這是八月初七之前最好的一個良辰吉日了，賀可鹹原本是不同意將婚期提前的，可是賀可甜一副恨嫁心切的樣子根本管不住，賀家夫婦又因為先前退婚的事情覺得理虧，為了儘快洗清施重海不舉的謠言……便將婚期定在了六月底。

好在之前賀家夫婦已經將賀可甜的嫁妝規整得差不多了，雖然趕了點，但也還來得及。

賀可鹹大概是為了表達心中的憤怒，最近都是早出晚歸一副十分忙碌的樣子，賀可甜備嫁事宜那是一點不管的。

這天晚上，賀夫人拉著賀老爺一起歸整閨女的嫁妝。

「老爺，你說可鹹那孩子是怎麼了？」賀夫人一邊翻著長長的嫁妝單子一邊抱怨，一副很是想不通的樣子，「那孩子從來都不是個刻薄的人，怎麼還搬出了門不當戶不對這種話來？而且他不是向來和施家幾個孩子處得不錯嗎？怎麼竟然這麼反感這門婚事？」

賀老爺真想呵呵兩聲，賀可鹹不是個刻薄的人？夫人妳怕不是對自己的兒子有什麼誤解吧，那傢伙刻薄起來那就不是個人！不過這話賀老爺可不敢說，對於一雙兒女賀夫人還是相當護犢子的，他若敢說兒子的壞話，今天準得睡書房，他還是比較喜歡軟乎乎的大床。

「怕不是有其他什麼心思吧。」最後，賀老爺意味深長地說了這麼一句。

賀老爺向來是個精明的，又怎麼可能看不出自家蠢兒子心裡那點想法。

「什麼心思？」賀夫人被賀老爺寵了一輩子，早就不大愛動腦子了，聞言好奇地看向了自家老爺。

「妳見過那小子看施家小姑娘的眼神嗎？」賀老爺沒有直接回答，而是神秘兮兮地道。

「什麼？」

「那眼神和我當年看妳時一模一樣。」賀老爺捋了捋鬍子，笑咪咪地道。

賀夫人一下子瞪大了眼睛，「你是說可鹹喜歡阿柯？」

賀老爺笑而不語。

賀夫人還是不明白，「可是這和他反對可甜和施家老么的婚事有什麼關係？」

「一旦可甜嫁進了施家，他要再想娶施家那個小姑娘，不就像換親嘛。」賀老爺隨口道，「他八成覺得若可甜嫁進了施家，他再想娶施家小姑娘就不大可能了吧。」

換親，那是窮苦人家才幹的事，那是要被人詬病的。

賀夫人這下子明白了過來，失笑道：「這傻孩子，這些事情都是可以商量的嘛，再說親上加親又有什麼不好，人活著自己舒坦最重要，我們家的家底在這兒，又有誰會來嚼這個舌根。」

是啊，多簡單的事兒，偏蠢兒子自己一頭鑽進了牛角尖出不來。

「誒，老爺，你看……」賀夫人正翻看嫁妝單子的手突然頓了一下。

賀老爺看了一眼，便見嫁妝單子裡莫名其妙多出了一張盛興酒樓的轉讓契約，夫妻兩個對視一眼，然後，賀夫人笑了起來。

「這孩子……總是這樣嘴硬心軟的。」

轉眼便是六月底，賀可甜和施重海的婚事已經近在眼前了。

作為媒婆，施伐柯也是忙得腳不沾地。

今日是婚禮的前一天，該準備的都已經準備好了，施伐柯總算鬆了一口氣，難得偷了個懶，從井裡撈出了一個寒瓜，剛吃了一口，便有人敲門。

施伐柯這會兒聽到敲門聲就害怕，生怕明日的婚禮再出什麼岔子，提心吊膽地打開門一看……總算鬆了口氣。

「褚逸之，你來幹什麼？」她眨巴了一下眼睛，十分疑惑地問。

站在門外的，正是許久不見的褚逸之，他穿著一件簇新的雪青色滾邊長衫，似乎是又瘦了一些，整個人都透著一種弱不勝衣的感覺。

原本有些忐忑的褚逸之聽到這句話，乍見施伐柯的驚喜被打擊得點滴不剩，他臉色白了白，開口道：「我……我是來同你道別的。」這麼說的時候，他緊張極了，真怕她回一句，為什麼要來同她道別？

好在她沒有。

「你要去哪？」施伐柯這樣問。

褚逸之的臉色好看了一些，他臉上甚至帶了一絲笑意，「我打算提前去省城，為秋闈做準備。」

「這麼早？」施伐柯有點驚訝。她想起了陸池，他不是也要參加秋闈的嘛，可是他還沒有回來呢，會不會時間趕不及？還是他打算直接去省城，秋闈之前不回銅鑼鎮了？

「嗯，早些去準備，免得臨時措手不及，而且早點去也能租到比較好的屋子。」褚逸之耐心地同她解釋。

他喜歡和施伐柯說話，不，他渴望和施伐柯說話，他已經很久……沒有同她說過話了。

「嗯，那預祝你此行事事順心，早日金榜題名。」施伐柯笑了笑，道。

「……承妳吉言。」褚逸之還想再說些什麼，可是她的眼睛裡已經流露出了疑惑，似乎疑惑他話都說完了，怎麼還不走？

還有什麼事嗎？她的眼睛這麼說。

「那……我便先辭了。」

「嗯，一路走好。」施伐柯很客氣地道。

褚逸之實在不好再說什麼，有些狼狽地轉身離去，走了一段停下腳步回頭再看，施家的大門已經緊緊地關上了。

還真是……狠心的丫頭啊。

怎麼會有這麼狠心的丫頭呢，說斷就斷，毫不拖泥帶水，他們從小青梅竹馬一起長大的感情，說割捨就可以輕易割捨的嗎？

為什麼他辦不到？褚逸之眼中滿是痛苦之色。

施伐柯完全不知道褚逸之的內心戲如此之豐富，當然，即便是知道了，她也不會放在心上，在她看來當斷不斷，反受其亂，她知道褚逸之是個優柔寡斷的性子，那便只有她來斷了。

很快把褚逸之拋到腦後，施伐柯回院子裡坐下，繼續吃寒瓜，一邊吃一邊在想陸池的事情，想著想著，便覺得他大概秋闈前是不打算回銅鑼鎮了。

不知道為何，這樣一想，她胸口竟有些悶悶的。

她前兩日還和朱禮一起去打掃了柳葉巷的院子呢……如果他秋闈前不回來的話，她得把小黑先牽回家養著，不然餓死在柳葉巷的院子裡都沒人知道。

小黑便是陸池養的那頭小黑驢，也是施伐柯和朱禮隔三差五地去餵的。

施伐柯並不知道，她以為秋闈前不會回來了的陸池此時正在趕回銅鑼鎮的路上。

「阿嚏阿嚏阿嚏！」陸池一連打了好幾個響亮的大噴嚏，揉了揉鼻子，琢磨著這是有人罵他呢，還是阿柯在想他呢？嗯，一定是阿柯在想他。

他這次離開飛瓊寨之前，可是放下豪言說這次回銅鑼鎮一定會娶回阿柯的，想到大嫂聽到阿柯會成為她妯娌時一副雙眼放光的樣子，以及大哥嗤之以鼻的樣子，陸池便堅定了不能讓他們小看的決心。

這麼想著，陸池一夾馬腹，精神十足地繼續趕路了。

一路披星戴月，緊趕慢趕，還是在第二日傍晚時分才到達了銅鑼鎮，不過夏日晝長夜短，陸池到達銅鑼鎮的時候，天還亮著。

陸池風塵僕僕地出現在銅鑼鎮的街口，他手裡牽著一頭品相優良的駿馬，和上回騎驢的形象大不相同，上回他是半夜悄悄溜下山的，那頭小黑驢還是用他身上本就不多的盤纏在山下購買的，可是這回不同，他是光明正大地出來的，裝備自然不一樣。

此時，他的心情就和六月的驕陽一樣明朗，離開銅鑼鎮這麼久，他第一次嘗到了歸心似箭的感覺，銅鑼鎮的一切都讓他想念，同阿柯一起吃過的餛飩攤、學堂裡的孩子和先生們，甚至是他的學生朱禮……唔，還有此時他身側那個人山人海的茶水攤。

一切都顯得那麼美好。

當然，最令他想念的還是那個叫阿柯的姑娘。

誰能料到他這一走，竟然會走了這麼久呢，畢竟他娘這把年紀懷孕風險著實不小，他原本還打算待過了頭三個月等娘胎象穩定了再走的，結果臨時接到了舊友的飛鴿傳書，書信中言辭懇切地請他代為去府城接一個人，他這才提前離開了寨子，然後想著去府城的話，回一趟銅鑼鎮也算順路嘛，這不……就回來了。

畢竟，他可是發下了那樣的豪言呢！阿柯那丫頭應該也想他了吧？他最近可是沒少打噴嚏呢，陸池美滋滋地想著，幾乎是迫不及待地想要去施家看看她了。

這時，一絲微風拂過，隨風而來的似乎還有陣陣喜樂吹打聲、鞭炮聲，細聽還有笑鬧之聲，十分歡快的樣子，這股子熱鬧勁兒讓聽到的人也忍不住跟著嘴角上揚，微笑起來。

陸池也微微笑了起來，這似乎是誰家在辦喜事啊，聽聲音似乎是東街的方向……說起來阿柯也住那兒呢，真是個好兆頭。

陸池想起上一回來銅鑼鎮也恰恰碰上了一樁喜事，然後便認識了古靈精怪的阿柯，說起來真是奇妙的緣分啊！想起阿柯，他的嘴角便忍不住地上揚。

不知道阿柯看到他會不會很驚喜呢？陸池正這樣想著，忽然聽到一旁茶攤裡，幾個喝茶的人正在聊天。

「施家和賀家的這場婚事辦得可真熱鬧啊！」一個人感歎著，十分羨慕的語氣。

「是啊，看不出來施家的家底不比賀家差嘛，平時真是不顯山不露水的……」

什、什麼？陸池臉上的笑意一下子僵住，感覺這六月的天裡彷彿有一盆涼水兜頭澆下，簡直是透心涼啊！

他按捺住心裡的慌亂，疾走幾步，上前問道：「是哪個施家，哪個賀家？」不要慌不要慌，不一定是他想的那個施家和賀家，畢竟銅鑼鎮中姓施和姓賀的人家也不少呢。

可惜，他的自欺欺人很快便被打破了。

「你是外鄉人吧！」其中一人了然地看了他一眼，笑道：「還能有哪個施家哪個賀家，就是家裡開著當鋪和地下錢莊的施家，還有開喜餅鋪子的那個賀家唄。」

晴天霹靂！施家要和賀家結親了？難道趁著他不在，阿柯竟然要嫁給那個賀可鹹了？

陸池心裡亂糟糟的，臉色難看極了，他捏了捏拳頭，轉身匆匆牽著馬跑了。

「誒？那個人怎麼了？臉色突然變得好難看哦……」

「大概內急吧。」另一人隨口道。

「哈哈，是的人有三急，我內急的時候也這臉色。」那人哈哈大笑，隨即又有些奇怪地道：「可是他手裡不是牽著馬嗎？為什麼不騎馬？」

「內急嘛，坐在馬背上一顛一顛的不是更難忍？」另一個人十分有經驗地道。

「原來如此。」那人很是信服地點了點頭，又十分羨慕地看了一眼東街的方向，「說起來那施老三可真是有福氣啊，娶了那麼一座金山回家，你看到那一台台的嫁妝了嘛……嘖嘖，比起上回朱家大小姐出嫁的那陣仗也不差什麼了。」

「前些日子施家送聘的場面也不差啊，人家那是門當戶對。」

「以前可真沒看出來施家這麼有家底啊，他們家可是有三兄弟呢，哦還有個姑娘，也不知道那施姑娘最後便宜了誰……」

「這話你也敢講，叫施老大聽到打歪了你的嘴。」

誰都知道施長淮是個愛女如命的，早些年那施小姑娘便是銅鑼鎮一小霸，誰也不敢惹，後來小姑娘長大了出落得嬌俏可人，雖然對媒婆這個行當有著令人無法理解的愛好，但架不住她長得可愛啊，便有那不怕死的占了句嘴上便宜，後來……嘖嘖，那人的下場簡直不敢回想，慘不忍睹啊！那一回，令銅鑼鎮上的居民重新回憶起了這個愛女如命的施長淮有多可怕……以及，再一次確定了施家那個小姑娘是不能招惹的！

先前那人也自知失言，趕緊換了個話題，他四下看了看，鬼鬼祟祟地道：「誒你說那施老三不舉，是真的嗎？」

「應該是假的吧。」旁邊有人湊了過來，插嘴道：「若是真的，那賀小姐能願意下嫁？」

又一人湊近了來，神秘兮兮地道：「可是他們這麼著急地把婚期提前，你難道不覺得這是欲蓋彌彰嗎？」

於是，新一輪的八卦又產生了……

陸池並不知道身後那些八卦，他也不是內急，他只是因為憤怒而忘記了手上還有牽著馬這回事……是的，他現在滿心滿腦都是阿柯就要嫁人了的憤怒和絕望。

他甚至不知道自己是懷著什麼樣的心態這樣急匆匆地趕去施家的，難道他是趕過去眼睜睜看著阿柯出嫁的嗎？然後送上一句祝你們百年好合，永結同心？

這當然不可能！只要一想到那個場面，陸池便覺得自己連呼吸都困難！

在這樣矛盾又糾結的心態下，陸池趕到了東街居家坊，那些喜樂吹打聲、鞭炮聲，還有笑鬧聲都近了……可是這一次，他卻沒辦法跟著他們一起笑起來。

「新娘子來啦！」有頑皮的孩童一路追著花轎而來。

陸池一路拖著馬跑到施家大門口的時候，花轎正好剛剛落地，那些頑皮的孩童們一湧而上，嘰嘰喳喳地圍上前討要喜錢，新郎官正好脾氣地撒銅錢。

陸池站在人群之外，渾渾噩噩地看著眼前那些喜慶的場面，整個人都彷彿魂遊天外了，他甚至沒有勇氣去看一眼那個新郎官是不是賀可鹹。此時，他聰明的腦袋完全派不上用場，自然也沒有去考慮為什麼大紅花轎停在了施家大門口，為什麼蓋著大紅蓋頭的新娘從花轎裡被扶了出來……也不曾注意到這不像是嫁女，更像是娶媳。

他此時滿腦子都縈繞著一個念頭。

爹說得對，有時候搶親也是必要的手段！陸池幾乎是惡狠狠地想著，捏了捏拳頭，跨出了預備搶親的第一步……然後，有人扯住了他的衣袖。

這麼快就被發現了？正作賊心虛的陸池一驚，冷汗一下子就下來了，他緩緩回過頭，然後看到了一張熟悉又煩人的臉。

正是他的學生，朱禮。

「先生！你終於回來啦！」朱禮完全不知道自己被嫌棄了，此時正一臉驚喜地看著自家先生。

陸池動了動唇，好半天才找回自己的聲音，「嗯」了一聲，有些不耐煩地抽回了衣袖，「你怎麼在這裡？來參加婚禮？」不知為何，這句話聽起來陰森森的。

朱禮縮了縮脖子，強烈的求生欲讓他討好地對自家先生笑了笑，「施姐姐讓我來幫忙的，這裡人太多了說話不方便，我帶你去找施姐姐吧。」

陸池眼睛一眯，「好。」想不到這個學生關鍵時刻還能派上些用場，陸池沉默地跟著自己的學生混進客人裡走進了施家的大門，他一路都在觀察並且謀算著待會兒擄走阿柯之後該如何快速地離開這裡，因此完全沒有去理會正喋喋不休地跟他訴說著離愁別緒的朱禮。

進門沒走多久，朱禮忽然停了下來，笑著對不遠處揮了揮手，很是興奮地揚聲道：「施姐姐，我先生回來啦！」

陸池猛地回頭，便看到了一身新衣，精神奕奕的施伐柯。

「陸二哥你回來啦！」施伐柯見到他，露出了驚喜的表情，忙跑了過來。

嗯！嗯？陸池一下子呆住了，他看著眼前正一臉驚喜地跑向自己的少女，這才後知後覺地意識到自己彷彿誤會了什麼，阿柯就在眼前，那剛剛外面那個蓋著大紅蓋頭的新娘是誰？

先前他只惦記著要搶親了，而且大概是出於某種逃避心理，他甚至都沒有去看看那新郎官是誰，所以今天到底是誰成親？

想通這一切之後，陸池忍不住抹了一把冷汗，好在朱禮突然出現拉住了他，如果他搶親成功之後才發現新娘不是阿柯，他要怎麼收場啊！

一想到這裡……他猛地轉過頭，用滿是慈愛和贊許的眼神看了朱禮一眼，心裡默默決定，以後再也不欺負他了，真是一個可愛的孩子啊……

朱禮被自家先生慈愛的眼神看得打了個寒顫，先生突然這是怎麼了！眼神好噁心啊！

那廂，施伐柯大步走了過來，在陸池面前站定，看著他輕聲抱怨了一句，「陸二哥，你怎麼才回來啊。」語氣很幽怨了。

陸池心中一蕩，阿柯果然是想他了吧！這種大悲大喜、失而復得的感覺讓他一時有些緩不過來，只能站在原地貪婪地看著她，還未成為別人新娘的她。

真是……太好了。這一刻，陸池簡直要喜極而泣了。

施伐柯疑惑地看著站在原地一動不動，只呆呆地看著自己的陸池，然後左右瞧瞧，見附近無人，這才上前一步，附在他耳邊，小小聲道：「你要是早點回來，說不定今天的新郎官就是你了啊！」這句話，透著一種恨鐵不成鋼的扼腕。

她距離他很近，近到他可以聞到她身上那種獨屬於她的香味，她香甜的氣息輕輕拂在他的耳邊，令他忍不住心跳加速，可是她開口說的那句話卻一瞬間讓他的心平靜如死。

「今天的新娘是誰？」陸池聽到自己用一種極為冷靜的聲音問出了這句話。

施伐柯後退一步，與他保持了正常的距離，然後眨了眨眼睛道：「可甜啊。」

聽到這句話，陸池只剩下了慶幸，還好朱禮拉住了他啊！若是他當場搶了新娘就跑會鬧出多大的亂子啊！

「施伐柯妳一個媒婆不去前面主持婚禮，待在這裡做什麼？若是錯過了吉時怎麼辦？」冷不丁地，賀可鹹的聲音在不遠處涼涼地響起。

施伐柯忙「啊」了一聲，丟下陸池，火燒屁股一樣跑了。

陸池回過頭，看向了站在不遠處的賀可鹹，賀可鹹站在原地與他對視，兩人目光相觸，然後又各自撇開了視線。

一旁的朱禮默默縮了縮脖子，總感覺自己剛才經歷了一場無聲的刀光劍影，好可怕……

陸池在見到新郎官之後，才知道今日是賀可甜和阿柯三哥的婚禮，一顆不安的心頓時踏實了起來，甚至還給了禮金，留下吃席了。

賀可甜和施重海的婚禮之盛大簡直震驚了整個銅鑼鎮，這樁婚事也迅速取代了朱家大小姐的婚事，成了眾人茶餘飯後，津津樂道的新話題，但是關於施重海不舉的流言卻一直沒有徹底消失，因為總有一些奇怪的新流言冒出來。

譬如施家和賀家將婚禮提前不過是為了粉飾太平，又譬如說賀家生意不行了，所以才犧牲了賀可甜嫁給施老三，又說賀可甜對施老三情深似海，死心踏地，不管不顧地非要嫁給他。

當然，關於賀家生意不行了的說法很快就銷聲匿跡了，畢竟賀可甜出嫁時那大手筆的嫁妝還歷歷在目呢，就算是造謠那也不能是空穴來風，得建立在事實的基礎上再進行發揮啊。

至於那些關於施重海不舉的種種謠言，直至他和賀可甜成親半年之後……賀可甜懷了身孕，才徹底地平息了下來。

當時，賀可甜的肚子大得出奇，賀夫人看過之後極為肯定地說，這是雙胎。

果然不久之後，賀可甜生了一對極漂亮的龍鳳胎，一下子就兒女雙全，這可是天大的福氣，看得人眼熱不已，對此賀夫人十分自得，她就知道可甜和施家老么是天作之合。

合婚合出來的結果，上上簽呢，怎麼可能會錯，這可是老天爺的安排！還好這門婚事兜兜轉轉的最後還是成了，不然多可惜。

這對龍鳳胎生得伶俐可愛，尤其出了月子之後，粉雕玉琢的兩個粉團子一下子就取代施伐柯，成了施家眾人捧在手心裡的小寶貝，施長淮取名的癮頭又犯了，給雙胞胎中的女孩取名施稱心，男孩取名施稱意，當真是稱心又稱意，羨煞旁人。

後來漸漸有傳言說賀夫人生了雙胎，賀可甜又生了雙胎，以後這施稱心長大了也必定是個多子多福的姑娘……於是待施稱心長大及笄之後，上門提親之人那是絡繹不絕，可把老父親施重海氣得夠嗆，看誰都是想搶他寶貝閨女的狼崽子，簡直防不勝防。

當然，這些都是後話了。

先說回眼前，陸池吃了席之後，因為施伐柯作為媒婆實在太忙，又有居心叵測的賀可鹹在一旁虎視眈眈，他完全尋不到和阿柯單獨說話的機會，想著來日方長，便先回去了。

朱禮多日沒見先生，厚著臉皮跟了上來。陸池念在他剛立了一大功的份上，便睜一隻眼閉一隻眼隨他去了……而且柳葉巷的房子多日沒住了，想必也要好好打掃一番，有個現成的免費勞動力送上門又何必拒絕呢？顯得多不近人情啊！

朱禮並不知道自家先生陰險的打算，一路開開心心地替先生牽著馬，來到了柳葉巷。

陸池盤算得好好的，結果開門一看，院子裡乾淨整潔，房間裡也並沒有如想像中那般積了厚厚的灰塵，連被他遺忘在後院的小毛驢都養得膘肥體壯，十分精神。

「先生，把這馬和小黑栓在一起，牠們會不會打架？」一旁牽著馬的朱禮問。

「小黑？」陸池挑了挑眉。

「嗯，這名字是施姐姐取的。」朱禮咧嘴，笑得純潔而無邪。

陸池輕咳一聲，點點頭，「無妨的，就把牠和小黑栓一起吧。」朱禮便乖覺地將馬牽進棚子栓了起來，動作十分熟練，再也不是當初那個十指不沾陽春水的朱家三少爺了。

「克己，這房子……是你讓人收拾的？」陸池在一旁看著，遲疑一下，還是問了出來。

「我可不敢居功，還要多謝謝施姐姐。」朱禮笑咪咪地道。

陸池心裡的猜測得到了證實，嘴角不自覺往上翹了翹，臉色一下子柔和了下來，看得朱禮嘖嘖稱奇……這該說是一物降一物嗎？

這廂，陸池很快便收斂起了蕩漾的神色，從懷裡掏出了一封朱漆封口的信，「這是我大嫂寫的信，你代為轉交給朱大夫人吧。」朱禮拿了信，很快回去了。

他知道大伯母有多想念大姐姐的，這封家書也許可以給她些許安慰吧！

朱府。

朱大夫人手中拿著二房朱禮剛剛送來的家書，向來喜怒不形於色的朱大夫人一下子紅了眼圈，她看著因為一路急著跑回來而汗流浹背的朱禮，拿帕子替他擦了擦額頭的汗，「謝謝你了，好孩子。」

朱禮滿不在乎地拿袖子擦了汗，嘿嘿一笑，「聽我先生說大姐姐一切都好，大伯母也不必太過憂心，侄子就不打擾您看大姐姐的家書了，回頭再來和您請安。」說著，便退了下去。

朱大夫人看著朱禮離開，眼中十分複雜，「這孩子倒是變了許多。」當年人人都以為這是一塊扶不上牆的爛泥，結果如今愣是成了一塊光華內斂的璞玉。

一旁侍立的彩雲跟著點頭，感歎道：「三少爺這是拜了個好先生啊。」

是啊，整個朱府都這麼說。他的先生，是許飛瓊的兒子，到底還是飛瓊會教兒子啊。

「夫人，快瞧瞧小姐寫了什麼。」彩雲催促。

朱大夫人笑著嗔了她一眼，「妳倒是比我還著急。」說著，倒是低頭打開了信封，看著看著，「噗嗤」一下笑出聲來。

「哎呀夫人快和奴婢說說，小姐都寫了什麼這麼可樂啊。」一旁，彩雲急得抓耳撓腮。

「那丫頭……說是三日入廚下，洗手作羹湯，愣是拒絕了奶娘的幫忙自己下廚，信心滿滿地做了一道肉糜粥。」

「哎呀。」彩雲一臉焦急，「小姐哪會下廚啊……夫人妳還笑！」小姐種花或許有天賦，可下廚……那真是一言難盡。

「奶娘還替她跟夫家吹牛了，說自家小姐最拿手的便是肉糜粥。」朱夫人還在笑。

「……奶娘真是太亂來了！」彩雲忿忿地道，吹牛也要看場合啊！這不是給小姐挖坑嘛，小姐做的那些肉糜粥別人不知道是怎麼回事，奶娘難道也不知道嗎？那一鍋亂七八糟有什麼放什麼的東西……那是人能吃的嗎？每回都是奶娘不忍心打擊小姐的積極性，偷偷地偷樑換柱，換上自己做好的肉糜粥，小姐做出來的那些東西那是餵狗都不肯吃，要深埋處理的！

朱大夫人忍俊不禁，「可是姑爺吃完了。」

彩雲一愣，朱大夫人笑著笑著，紅了眼圈，「顏顏嫁了個好人家。」

「大難不死必有後福，我就說咱們小姐的福氣啊，長著呢。」彩雲一邊替朱大夫人捏肩，一邊輕聲道。

朱大夫人微笑著點點頭，顏顏的家書字裡行間都是快樂和明媚，看來她在陸家過得很好啊。她知道她當初的決定沒有錯，就安心了。

她的顏顏，要幸福啊。

第十一章　趁虛而入

當閨中好友突然成了自己的嫂嫂是個什麼樣的體驗？

婚禮之後的第二日早晨，施伐柯一走進廚房，便嚇得差點退出來……那一碟碟一盤盤的美味佳餚，數量和樣式都是驚人的豐富，豪華到簡直不像是他們家的廚房啊！

「阿柯，早。」挽了婦人髻的賀可甜站在廚房裡，笑得十分溫婉可人。

「早……」賀可甜下意識點點頭，隨即才反應過來，一臉驚奇地道：「可甜，妳怎麼起這麼早？這些都是妳做的？」一副飽受驚嚇的樣子。

賀可甜矜持地一笑，溫柔端莊地指正道：「首先，阿柯妳應該叫我三嫂，其次，當然不可能是我做的。」嗯，相當的理直氣壯了。

施伐柯抽了抽嘴角，「……三嫂。」

「乖。」賀可甜很有嫂嫂風範地點點頭，然後又問，「爹和娘起來了嗎？我也不知道爹娘喜歡吃什麼，就讓廚娘各種都做了一些。」

……這各種得有點多了啊。

施伐柯忍了忍，到底還是忍不住說了一句，「可甜妳不用這麼緊張的，爹娘不會這麼早起的，他們今日原本就打算留出時間讓妳和三哥多睡一會兒的。」

她娘又不是什麼惡婆婆……怎麼可能會讓剛進門的新媳婦第二日就下廚啊！

「三嫂。」賀可甜很執著地糾正。

「……三嫂。」

「嗯，首先，這不是迂腐，這是規矩，其次，這也是我初為人媳的一點小小心意。」賀可甜還是那副溫溫柔柔的樣子，「阿柯妳餓不餓，我讓廚娘燉了甜湯，要不要先喝一口墊墊？」

廚娘是可甜從賀家帶出來的陪嫁，手藝那自然是沒得說的。

面對這麼賢慧的賀可甜，施伐柯內心有點複雜，要知道賀可甜嫁過來的時候只帶了一個廚娘陪嫁，連貼身伺候的胭脂都沒有帶過來……其實她在賀家習慣了有人伺候，三哥也想過買個丫頭給她，結果賀可甜竟斷然拒絕，說是嫁雞隨雞，嫁狗隨狗，不搞特殊。

這麼講道理的可甜簡直不像可甜了呢……

「三嫂……妳這個樣子我有點不太習慣呢。」很彆扭啊！

「以後就會習慣了。」賀可甜笑咪咪地道。

結果，果然像施伐柯說的那樣，今日施家眾人都起得特別晚，直到施伐柯一碗甜湯都喝完了，他們還沒有起身。

「不過，三哥還沒起嗎？」施伐柯一邊喝著甜湯一邊好奇地問。

「嗯，他昨天挺累的，我悄悄起身，沒有驚動他。」賀可甜說著說著，臉上突然就染了一絲緋色……明明她想說的是因為昨天的婚禮太累了，但不知為何聽起來就帶了一絲歧義，然後就忍不住想起了昨天夜裡的種種孟浪……臉上便越發的紅了起來，不由得暗自慶幸還好施伐柯聽不懂！

「三嫂，妳臉怎麼這麼紅？」施伐柯眨巴了一下眼睛，奇怪地問。

「……大概是太熱了吧。」賀可甜輕咳一聲，有些不自在地抬手虛虛地往臉上搧風。

兩人聊了許久，施家其他人才姍姍來遲。

陶氏一踏進廚房，也被廚房裡這略顯誇張的陣仗給震了一下，正和施伐柯聊天的賀可甜一下子站了起來，甜甜地叫了一聲「娘」，帶著幾分新媳婦特有的害羞。

「可甜啊……妳怎麼起這麼早？重海呢？」陶氏張了張口，道。

賀可甜一下子想起了剛剛施伐柯問起時自己那略帶著歧義的回答，「……我這就去叫他。」說完，紅著臉低頭匆匆走了。

還沒等她跨出廚房的門檻呢，便聽小姑子在後頭幫她跟婆母賣乖，「三嫂剛剛說看三哥昨天太累了，就沒捨得驚動他，自己悄悄先起來了……」

賀可甜臉上一燒，悶頭走得越發快了。

她回到房間的時候，施三哥已經起了，看到她有點驚訝，「可甜，這麼早妳去哪兒了？」

「我去廚房看看，讓廚娘幫忙做了早膳。」賀可甜眼睛閃了閃，道。

「娘子這麼賢慧啊。」施三哥走到她身邊，一把將她扯進了懷裡，低頭親香了一口，壞笑著道：「看來，為夫昨天夜裡還是不夠勤快啊，還有力氣這麼早起床？」

賀可甜一下子羞紅了臉，啐了他一口，「登徒子！」

施三哥很是無辜地眨了眨眼睛，「我調戲我媳婦怎麼就成登徒子了？」

賀可甜臉上滾燙，推開他道：「不要鬧，快去洗漱準備用膳了。」
施三哥得了便宜，很是聽話地去洗漱了。
待洗漱過後，施三哥美滋滋地攜著媳婦兒一起去廳堂用膳，一副人生贏家的樣子。
他們到的時候，一家子都已經到齊了，陶氏側著身不知道正和施長淮在竊竊私語些什麼，看到兒子媳婦來了，陶氏立馬坐正了身子停止了竊竊私語。
施三哥頓時有種詭異的錯覺……娘剛剛彷彿正在說他？為何總覺得背後莫名發涼呢！
但是施三哥的注意力很快便被那一大桌子五花八門的盤盤碟碟、杯杯盞盞給吸引了，他不由得瞠目結舌……這就是他媳婦兒準備的早膳啊？是不是有點……嗯，過於豐盛了？
賀可甜一下子看懂了他的表情，有些羞澀地道：「我不知道大家愛吃什麼，就讓廚娘多做了幾樣。」
陶氏輕咳一聲，「這也是可甜的心意，坐下吃飯吧。」說著，又十分和藹地對賀可甜道，「可甜，以後這裡就是妳的家，妳原先在家中如何，現在也就還如何，不必過於拘謹。」
「是，娘。」賀可甜乖乖地應，很是感動地道：「娘，妳真好。」
陶氏笑了笑，初為人媳的忐忑她自然能夠理解，日後習慣就好了。
「托弟妹的福，今日可是大飽口福了。」施大哥十分厚道地道。
賀可甜抿嘴一笑，「大哥喜歡就好。」
施三哥坐下，夾了塊千層糕給她，「一大早起來辛苦了，多吃點。」
賀可甜低頭咬了一小口千層糕，笑彎了眼睛。

一頓早膳很是其樂融融。

飯後，廚娘殷勤地端了一個湯盅來，放在了施三哥面前，「姑爺，這是特意給您熬的蓯蓉羊骨湯，您多喝點，補身子特別好。」

賀可甜有些詫異地看了廚娘一眼，她今早沒有吩咐廚娘做什麼湯啊。

廚娘含笑不語，這事兒是大少爺昨日出門前吩咐過的，說這事兒姑娘自然是不好意思開口的，還得他這個當哥哥來操心。大少爺可真是一個好哥哥啊，廚娘感歎。

看著那盅熱氣騰騰的湯，所有人都詭異地沉默了一下，施大哥和施二哥看著小弟的目光有些詭異……蓯蓉羊骨湯，這是上等的壯陽湯啊！

一桌子人，除了單純的施伐柯一副丈二和尚摸不著頭腦的表情外，其他人看施三哥的表情均十分別有深意。

陶氏尤甚。

她又想起了之前阿柯說的話……有些擔憂地想，原來么兒的身子已經虛到讓媳婦都忍不住要給他補補了？難道之前那些謠言也並非完全是空穴來風？

在一片詭異的靜默中，施三哥陡然反應了過來，他猛地瞪大眼睛，火燒屁股一樣跳了起來，「喂！你們這是什麼眼神？我身子好得很！」

然而，不知為何，這般激動的施三哥彷彿總透著一股虛張聲勢、欲蓋彌彰的味道。

陶氏神色複雜地看著么兒，「……喝湯吧。」施三哥覺得自己快要委屈死了……

賀可甜嫁入施家的第一頓早膳，這氣氛可以說是非常的其樂融融了，唔，除了新郎官有點鬧情緒之外……

施三哥想不明白，不就是一盅補湯嘛，大哥二哥沒娶媳婦他不跟他們計較，可是怎麼連娘的反應都那麼大？彷彿這裡頭還有什麼他不知道的事情似的。

事後，他忍不住和媳婦兒嘀咕了這件事。

賀可甜的表情心虛極了。施三哥頓時明白了癥結所在，抱住媳婦兒便是好一頓威逼利誘……賀可甜被磨得實在沒辦法，十分心虛地將之前那句很有歧義的話說了出來。

施三哥的表情精彩極了。可不是嘛，都說春宵一刻值千金，結果他媳婦兒沒事人一樣起了個大早還能活蹦亂跳地下廚，他倒是迷迷糊糊睡得人事不知？可不是虛嘛！

然後隔日，賢慧如賀可甜……一直睡到日上三竿，才扶著腰下了榻。

一切盡在不言中。

一覺醒來已是日上三竿，渾身彷彿被馬車碾壓過似的酸痛，賀可甜覺得自己簡直要沒臉見人，這才新婚第三日啊！好在她起來的時候公婆以及大哥、二哥都出門去忙了，家裡只有她那個不省心的相公，還有無比單純的小姑子在。這讓她緊張的心情得到了些許的放鬆，不想搭理不省心的相公，賀可甜帶上之前準備好的見面禮去找小姑子了。

「可……三嫂。」見到賀可甜，施伐柯張了張嘴，隨即趕緊乖覺地改了口。

賀可甜滿意地點點頭，將手上沉甸甸的兩個木匣子放在了一旁桌子上，甩了甩酸痛的膀子，這才擺著嫂嫂的架勢溫柔地拉著施伐柯的手道：「阿柯，以後我們就是一家人了，這是嫂嫂給妳準備的見面禮，前兩日太忙也沒來得及給妳，這不，今日就給妳送來了。」

施伐柯十分理解地點點頭，很是貼心地道：「前兩日果然是累狠了吧，難怪妳今天起這麼晚。」賀可甜一噎，明知道施伐柯並沒有別的意思，可她做賊心虛啊！

「咳，我嫁妝還沒有理好呢，這就先回去了，回頭再來找妳玩啊。」賀可甜生怕施伐柯再和她探討為何起這麼晚的問題，說完這句，忙不迭地抬腳走了。

火燒屁股一樣。真是來也匆匆，去也匆匆。

施伐柯好奇地看了一眼桌上那兩個木匣子，上前打開一看，愣住了。

這兩個木匣子裡裝的不是別的東西，正是賀可甜先前當寶貝一樣收藏著的兩幅臨淵先生的畫。其中一幅是她哥哥賀可鹹從京城特意給她買回來的生辰禮物，價值一千三百兩的《林海》，另一幅是上次她打碎了她的粉彩之後，請陸二哥幫忙畫的賠禮，可若真如賀可甜之前所說，陸二哥就是臨淵先生的話，那這幅也應該是價值不菲的真跡呢！

可是現在賀可甜把這兩幅畫都送給她了，說是嫂嫂送的見面禮，這見面禮是不是有點過於……隆重了啊，而且明明之前還當作寶貝一樣珍藏著的東西，如今就眼也不眨地送給她了？

賀可甜將那兩幅畫送出去之後，就當真回房歸整嫁妝去了，而那個不斷試圖來騷擾她的相公，她完全不想搭理，她現在還渾身酸痛得緊呢！

施三哥自知昨天夜裡太過火，惹惱了嬌妻，幾次騷擾未果之後，便裝模作樣地開始整理明日的回門禮。

「娘子，岳母大人喜歡什麼啊？」

「娘子，這個玉貔貅妳說岳父大人會不會喜歡？」

「娘子……」這沒臉沒皮的粘乎勁兒，賀可甜著實有些招架不住，就在賀可甜被他磨得快要鬆動的時候，忽然聽到外頭有人敲門。

「娘子妳坐著，我去開門啊。」施三哥殷勤地去了。

打開門一看，外頭站著個陌生的姑娘。

「請問姑娘妳找誰？」施三哥疑惑道。

那姑娘眼神閃了閃，笑道：「我是可甜的好友，姓沈，可甜在嗎？」

賀可甜見施三哥去而復返，疑惑地看了他一眼。

「可甜，外頭有個姑娘，說是妳好友。」施三哥討好地笑了笑，道。

賀可甜將信將疑地站了起來，她這剛新婚，還未歸寧，誰會這麼不知禮數尋到她婆家來找她？莫不是這傢伙又要什麼花招故意誆她呢？

然而待她出門一看，不由得愣住了，還真是她朋友……來的，是沈桐雲。

「可甜，我沒有打擾妳吧！」沈桐雲笑得有些靦腆。

賀可甜一時有些無語，默默在心裡翻了個白眼，她該怎麼說？妳打擾到我了嗎？她只能乾巴巴地笑了笑，請她在院中坐下。

沈桐雲坐下後先是隨意打量了一下施家的院子，然後才看向略有些冷淡的賀可甜，笑著道：「可甜，妳怎麼這副表情，不歡迎我來嗎？」

「妳不是看不上施家嘛，來作甚？」賀可甜毫不客氣地道。

說起這個，她還生著氣呢，先前同施三哥的婚事定下來之後，她便開心地將這件事情和沈桐雲分享了，結果沈桐雲卻是一臉不贊同的表情，說施家名聲不好，施家老么又一事無成云云，總之將施家和施三哥貶得一無是處，氣得賀可甜掉頭就走，後來也再沒找過她。

沒成想，今日她倒是上門了。

沈桐雲有些不自在地笑了笑，「我原也是擔心妳啊，現在看妳過得好我就放心了。」她也是直至施家送聘那日才知道施家的家底竟然如此之豐……原先她真的是一直看不上施家的。

她們正說著，施伐柯準備了茶水點心送來，「沈姑娘，三嫂，我來送些茶水點心。」

沈桐雲登門這事兒，還是施三哥來同她說的，說是請她這個妹妹代為幫忙一起招呼媳婦兒的朋友，可謂十分盡心了。

不過她與沈桐雲不熟，且先前在金滿樓也鬧了些不愉快，因此施伐柯並沒有坐下，只招呼了一聲，便放下茶水點心打算回房。

沈桐雲卻是叫住了她，「施姑娘，上回得罪了，看在我和可甜是朋友的份上，還請妳不要往心裡去。」沈桐雲站起身一臉抱歉地道，表情懇切，全然沒有了上回的恣意和張揚。

施伐柯自然不會往心裡去，畢竟當時沈桐雲得罪的本就不是她，而是朱顏顏，且當時，她也算是為了幫著賀可甜。於是施伐柯笑了笑，很客氣地道了一句，「沈姑娘言重了。」

沈桐雲聞言，露出了一個放鬆的表情，她笑了笑，有些羞澀地道：「施姑娘不生我的氣便好，妳如今可是鎮上風頭最盛的大媒了。」

她笑著恭維了一句，又微笑著道：「我娘還想托妳作一樁媒呢。」

一旁，賀可甜微微蹙眉，有些不悅，所以來看她只是幌子，找她小姑子做媒才是真正的目的？這種被利用的感覺讓她心生不悅。

「哦？不知道沈夫人是替誰說的媒？說的又是誰？」施伐柯倒是沒有在意這些細枝末節，只問了一句。

沈桐雲聞言，臉上露出了一絲害羞的表情，「這事兒……由我來說真是不好意思，不過妳是可甜的朋友，便是我的朋友，我先跟妳提前說一說也無妨，等回頭我娘再正式給妳下帖子。」

「妳有話不妨直說。」賀可甜蹙著眉，不大客氣地打斷了她的惺惺作態。

是的，在賀可甜看來，沈桐雲此時的表情便是惺惺作態。

沈桐雲面色微微一僵，隨即淺淺一笑，面帶羞意地道：「我娘是想替我說親，她相中了柳葉巷的陸秀才。」

施伐柯一愣。

陸池？那位沈夫人替自己閨女相中了舊主家的小少爺？

施伐柯看著沈桐雲的表情有些微妙了起來，若非那日她在陸池那兒聽到了一樁舊聞，也許她此時就接下了這樁委託……還可能會因為陸池的婚事有了著落而覺得振奮。

可是不行，就算陸池的婚事再艱難，她也不會替沈桐雲去說項，不說上一輩人的恩怨，便是沈桐雲的人品，她也不敢苟同。施伐柯想起那日陸大哥氣沖沖地回來，說他讓金滿樓準備的聘禮被人動了手腳，以次充好也就罷了，其中還有一對金鑲玉的鐲子竟然是用斷鐲修補而成的……做聘禮之用的物品裡藏了一副斷鐲，這已是滿滿的惡意了。

且不說，金滿樓原就是陸家的財產，沈家不過是代管。

當時陸大哥便已經說得十分明白，那事兒就是眼前這位眉眼含羞的沈姑娘幹的，當真是人不可貌相，至於那位以賢良出名的沈夫人，應當也不無辜。

陸伯母當時難過的表情還歷歷在目，她對那個叫七娘的舊僕感情頗深，可顯然七娘並沒有陸伯母以為的那樣善良，她讓陸伯母傷心了。

陸池對這些事情十分清楚，又怎麼可能娶沈桐雲？那位沈夫人……是怎麼想的？且不說，那位沈夫人的賣身契還在陸家吧……說得刻薄些，她還是陸家的家奴呢。

沈桐雲原是面帶羞意地說出她娘相中了陸秀才這件事的，結果施伐柯聽了這話竟然就莫名其妙開始發呆，把她晾在那兒了，她皺了皺眉，有些不愉地伸手在她面前晃了晃，「施姑娘？施姑娘？妳發什麼呆呢？」

施伐柯回過神來，搖搖頭，拒絕道：「抱歉，這事兒我接不了。」竟是一口回絕了。

「為什麼？」沈桐雲一愣，隨即有些緊張地上前一步，拉住了施伐柯的手，「可是因為妳還在生我的氣？」

施伐柯有些不適地想要掙開她的手，可是沈桐雲握得很緊，緊到她的手有些發痛，施伐柯不由得皺了皺眉，再次拒絕道：「並非如此，但這事兒我真的接不了。」

「為什麼？」沈桐雲追問，一副得不到答案就不肯甘休的樣子。

一旁的賀可甜看不下去了，上前掰扯開沈桐雲的手，將施伐柯拉到了自己身後，有些生氣地道：「阿柯不想接這事兒，妳還能逼著她接不成？銅鑼鎮那麼多媒婆妳找誰不是找？」

沈桐雲氣急，她也不想這樣低聲下氣地來求施伐柯啊，可是娘交待過了，這事兒一定得找施伐柯才行。

「我們是朋友啊，我也不過是因為阿柯是妳的朋友，才信任她，想請她幫忙罷了。」沈桐雲一臉失望地道，話中之意卻仍是沒有放棄。

賀可甜氣樂了，「我是妳的朋友，但阿柯跟妳可不熟，妳不要自說自話。」

「賀可甜妳不要太過分！當初施伐柯幫著朱顏顏欺負妳的時候，我可是站在妳這邊的，我是為了妳才得罪她的，現在倒是翻臉不認人了？」沈桐雲感覺自己的臉皮都被賀可甜踩在了地上，她怒氣衝衝地道，「是不是覺得我現在不是金滿樓的東家小姐了，所以高攀不上妳了？我就知道妳跟那些人一樣，明明心裡看不起我，還要假惺惺地來安慰我！妳比那些當面嘲笑我的人還要令人作嘔！」說完，轉身便跑了。

施伐柯和賀可甜面面相覷。

「簡直……無理取鬧。」賀可甜有些頭疼地道。

施伐柯也是心有戚戚焉，越發堅定了不能把這位沈姑娘說給陸二哥的決心，就算陸二哥婚事再難也不行！寧缺毋濫！

「那個，阿柯啊……」賀可甜看了一眼自家小姑子，忽然開口。

「嗯？」施伐柯看了她一眼，以為她是想替那位沈姑娘說項。

結果賀可甜卻是一臉認真地道：「妳別理她，回頭就算她娘給妳下帖子，妳也別理，斷沒有逼著人說媒的道理。」施伐柯心裡一暖，點點頭。

賀可甜卻是在心裡想，那位陸秀才中意的分明是她這小姑子……若是小姑子願意替沈桐雲做媒，那就兩說，可是眼前小姑子分明不願意，她又怎麼可能幫著沈桐雲去逼迫她。

誰還不分個親疏遠近了。

「不管她了，來幫我一起整理嫁妝吧，那嫁妝單子看得我頭痛。」賀可甜十分嬌氣地說著拉仇恨的話。

嫁妝單子長到看得人頭痛啊！這是多少姑娘夢寐以求的事兒！

施伐柯原以為自己已經對賀可甜的嫁妝有了足夠的心理準備，可是待她看到那長長的嫁妝單子時，還是不禁被賀家的財大氣粗驚到了，以及對賀伯伯、賀伯母疼寵女兒的程度有了新的認知。

這麼長的嫁妝單子，那是要理到頭痛的啊！施伐柯只好幫著一起理，理著理著，施伐柯忽然愣了一下，「咦？」

「怎麼了？有什麼不妥嗎？」賀可甜看了過來。

「不是，盛興酒樓怎麼在妳的嫁妝單子上？」施伐柯一臉疑惑地道。

「哦，那是我哥送給我的。」賀可甜揉揉有些酸痛的肩膀，忍不住笑了起來，「他就是個嘴硬心軟的，先前還說不管我了呢，結果悄無聲息地就把盛興酒樓送給我了。」

盛興酒樓那是一隻會下金蛋的母雞啊，大概也就僅次於金滿樓了。

「妳是說……盛興酒樓原本是賀大哥的？」施伐柯抬頭，看向賀可甜。

「是啊，妳不知道嗎？」賀可甜一臉驚訝的樣子。

施伐柯磨了磨牙，是的，她不知道！所以，她現在終於抓到那個不肯賣梅子酒給她的罪魁禍首了是吧！

賀家，正忙於盤帳的賀可鹹冷不丁打了個大大的噴嚏，然後，默默發了許久的呆。

姑嫂兩人忙了一整天，累得頭暈眼花，才總算是把賀可甜的嫁妝給理完了。

賀可甜也累得完全忘記要害羞這回事了，直至晚間施家眾人回來的時候才忽然想起了這一遭，不過見大家一切如常，並未透出什麼異樣，賀可甜便也把一顆略有些忐忑的心放回了肚子裡。當然，施家眾人對於施三哥幼稚的行為是心知肚明的，只不過是怕新媳婦害羞，只得藏在肚中默默發笑罷了。

用過晚膳，施大哥叫住了施伐柯，說是縣丞夫人請她明日去家中坐坐。

「是要給周小姐說媒？」施伐柯問，畢竟她和縣丞夫人也沒什麼交情，找她除了托媒也不可能有什麼別的事。

果然，施大哥點點頭，施伐柯便應下了，然後又想起了白日裡那位不速之客，有些古怪地想……莫不是縣丞夫人也相中了陸二哥？不過她先前倒是想把那位珠圓玉潤的周小姐說給陸二哥的，畢竟周小姐很符合陸二哥的條件，是個一看就很有福氣的姑娘呢。

而且那位周縣丞據聞很喜歡讀書人，一心想給女兒說個讀書人來著，如果不是那時陸二哥被壞了名聲，那周縣丞也不會斷然拒絕了這門婚事，說不定這門婚事已經成了呢。

「妳在胡思亂想什麼。」施大哥忽然笑了起來。

「嗯？我胡思亂想得這麼明顯嗎？」施伐柯呆呆地問。

是啊，一副神遊的樣子。施大哥搖搖頭，道：「縣丞大人相中的是木葉巷的李秀才。」

這樣啊……施伐柯一時心情有些複雜，也說不上是失落，還是別的什麼……不過那位木葉巷的李秀才，說起來也是半個熟人呢，她曾經替陸二哥上門提過親，相中的是那位李秀才的妹妹，然後被李夫人禮貌地端茶送客了。

這麼一想，回顧替陸二哥說媒的那些日子……忽然發現她彷彿碰了不少壁啊。

施伐柯一時有些唏噓。

唏噓著唏噓著，施伐柯冷不丁瞧了自家大哥一眼，忽然發覺她一直替陸二哥操著心，可是自家大哥和二哥也都老大不小了呢，結果倒是被三哥搶了先……

「大哥，你可有相中什麼人？」施伐柯想到這裡，便問了一句。

「什麼？」施大哥一呆，隨即耳朵一紅，有些不自在地撓撓腦袋，「怎麼突然問起這個了？」

咦？耳朵紅了？似乎有情況啊。

施伐柯眼睛轉了轉，她只是隨口一問，沒想到瞎貓碰上死耗子，竟叫她給撞上了，便笑咪咪，十分熱情地道：「三哥都成親了，你和二哥也要抓緊啊，大哥你相中了誰？跟我說說，我幫你上門去提親啊！」

「沒……沒誰。」施大哥忙不迭地擺手。

大哥和二哥、三哥不同，在家裡算是罕見的老實人，老實人不會說謊，此時他通紅的耳根已經徹底出賣了他。

「男大當婚，女大當嫁，大哥你害什麼羞啊。」

「時間不早了，我明日還要去衙門……這就去睡了，妳也早點睡。」施大哥眼神閃躲了一下，說完轉身就跑，彷彿身後有狗攆他似的。

……什麼奇怪的比喻，施伐柯抽了抽嘴角，停下了試圖去追的步伐，改為站在原地若有所思。大哥相中誰了呢？為什麼不肯說？是有什麼難言之隱嗎？

隔日，施三哥帶著賀可甜去賀家回門。

施伐柯去了周縣丞家拜訪了縣丞夫人，果然縣丞夫人相中的是木葉巷的李秀才。

這樁婚事大哥一早給她透過底了，施伐柯心裡有數，因此爽快地答應了下來，心裡也是十分激動準備大幹一場的，因為雖然之前辦成了朱顏顏和陸大哥的婚事讓她聲名鵲起，後來又辦成了賀可甜和她三哥的婚事令眾人刮目相看，可是事實上這兩樁婚事的決定性因素都不在她手上，她甚至到現在都不知道賀可甜為什麼突然改了主意同意嫁給她三哥！

所以，這一次她絕對要拿出真本事來，真真正正做一回媒。

從周縣丞家出來，施伐柯便直接去了木葉巷李家拜訪。

見到施伐柯上門，這位相貌溫柔和善的李夫人十分熱情，雖然說這年頭家中有姑娘兒子的人家一般都不太會得罪媒婆，但今日李夫人卻是尤為熱情。

上一回她來時，李夫人雖然熱情，但也沒有這般熱切。說到底，人的名，樹的影，施伐柯一連做成了兩樁婚事，如今也是個大媒了呢。

施伐柯循例先誇了誇李秀才年少有為，前途可期，直誇得李夫人合不攏嘴，然後喝了口茶潤潤喉嚨，說明了來意，「周縣丞家有位小姐，生得珠圓玉潤，很有福氣的長相，而且為人知書達理，性格十分溫婉善良，李夫人您覺得如何？」

李夫人眼睛一亮，笑道：「不瞞施姑娘，那位周小姐我曾經有緣見過一面，心裡是極喜歡的。」

好了，有門。「那真是太好了，周縣丞也最是喜歡讀書人了，不瞞您說，這門婚事啊，還是周縣丞相中的。」

李夫人連連點頭，眼中的喜意都快掩不住了。

從木葉巷出來，施伐柯的心情極好，因為這門婚事簡直出乎意料之外的順利，她已經許久不曾有過這般神清氣爽的感覺了。

因為心情極好，施伐柯便又有些饞酒了，又想到如今盛興酒樓是她嫂子的，難道還能不賣她酒不成？於是，就志得意滿地拐去了盛興酒樓。

「哎呀抱歉啊施姑娘，梅子酒已經賣完了。」小夥計搓搓手，一臉抱歉地道，表情可以說十分誠懇了。

施伐柯呵呵一笑，指了指自己的鼻子，道：「你知道我是誰吧？」

「那是，施姑娘，小的自然認得。」小夥計一臉討好地笑道，心裡暗暗叫苦。

這可是銅鑼鎮小霸王啊，誰能不認得？

倒不是這施姑娘有多威武，主要她有一個威武的爹……

「對，我姓施，你們東家是我三嫂，我又不是來吃白食的，一樣付錢買酒，你覺得不賣給我說得過去嗎？」施伐柯眉頭一豎，凶巴巴地道。

「這、這這……」小夥計為難極了。

是啊，現在的東家是原來東家的妹妹，是眼前這位施姑娘的三嫂……

「好了好了，我也不為難你，我知道你們有酒，快拿出來。」施伐柯抬了抬下巴，一副十分驕縱的樣子，內心把賀可鹹拖出來罵了一遍又一遍。

竟然不賣酒給她！是有多討厭她啊！他不賣，她還非要買不可了！

最終，迫於施姑娘的淫威，小夥計委屈巴巴地交出了梅子酒，施姑娘高高興興地付了酒錢，拎著梅子酒趾高氣揚，踩著勝利的步伐走了。

然而，剛走到盛興酒樓門口，迎面便見一個容貌豔麗的女子慌不擇路地衝了過來，然後收腳不及，一頭撞上了施伐柯。

「砰」地一聲，施伐柯手裡的酒罈子掉在了地上。

四分五裂，梅子酒特有的香味飄散開來……施伐柯呆呆地看著地上四分五裂的酒罈和漏了一地的酒液，「咕嘟」一下，吞了一口口水。

她的酒！

「小媒婆，對不住啊……」那女子忙不迭地道歉。

「段夫人？」施伐柯一臉幽怨地看著她，「妳跑這麼急做什麼，是後頭有狗在攆妳嗎？」

話音剛落，便聽不遠處有一個氣急敗壞地聲音響起。

「焦嬌妳給我站住！」施伐柯抬眼，便見一個男人嚷嚷著追了過來。

好吧……還真是有狗在攆。

追著焦嬌的是個年輕的男人，生得也算俊朗，只是此時那氣急敗壞的表情硬生生讓那張還算俊朗的臉顯得刻薄而猙獰，說話間他已經追了上來，緊緊拽住焦嬌的胳膊，怒道：「妳跑什麼！沒聽到我叫妳嗎？」

這個男人施伐柯認得，正是焦嬌那個考中了童生的弟弟焦奇，他似乎是怕焦嬌跑了，緊緊拖拽著她的胳膊，焦嬌被他抓得痛呼一聲，「你鬆開。」

「鬆開好讓妳再跑？」焦奇眉頭一豎，愣是把一張還算好看的臉扭曲成了面目可憎的樣子。施伐柯見焦嬌痛得臉都白了，眉頭一皺，看不過去上前揮開了焦奇的手，「放開，你沒看到你捏痛她了嗎？」

大概是施伐柯的行為太突然，焦奇竟然下意識就鬆了手，施伐柯趁機一把將焦嬌拉到了自己身後。

「我跟我姐姐說話，妳管的什麼閒事？」焦奇反應過來，怒道。

「原來這是你姐啊，不知道的還當你抓賊呢。」施伐柯嗤笑。

焦嬌縮在施伐柯身後，揚著脖子道：「焦奇你回去告訴爹娘，我是不會嫁給那個老秀才的，讓他們死了這條心！」

「爹娘是看妳一個人孤零零守著段家那個不知事的傻子，下半輩子無依無靠，這才托了人給妳說媒，妳休要不識好歹。」焦奇咬了咬牙，略略壓低了聲音道。

焦嬌氣樂了，揚聲道：「那個老秀才都快五十了，夠給我當爺爺了，他是能活到讓我下半輩子依靠，還是能讓我再生個兒子出來？」一旁，施伐柯本來正替她抱不平呢，聽到這裡差點被自己的口水嗆到。

「妳妳妳……不知廉恥！」焦奇一下子漲紅了臉，氣得臉紅脖子粗的。

「我不知廉恥不要緊，你知廉恥就行。」焦嬌梗著脖子，一臉蠻橫地道。

焦奇氣得說不出話來，上前就要打她，奈何施伐柯擋著，他下意識便要去推施伐柯。

「你竟然敢推她！你知道她是誰嗎？」焦嬌尖叫。

「……誰？」焦奇竟然被她嚇住，一時頓住了。

「她是小媒婆施．伐．柯！」焦嬌一字一頓地道，焦奇一愣，看了施伐柯一眼，竟然下意識後退，離她遠了些……施伐柯抽了抽嘴角，原來她的名頭如此好用啊。

「姐姐，我們這也是為妳好，妳看妳那麼護著段家那個傻子，結果如何？他還不是被那些沒安好心的慫恿著要趕妳出門？」焦奇後退了幾步，到底不甘心，又擺出了一副苦口婆心的樣子，勸說道：「只有我們才是一家人，才會為妳考慮啊。」

「放屁！老娘就算是上街要飯，也不會要到你們焦家門口！」焦嬌從施伐柯背後探出頭來，一副狐假虎威的樣子叫囂著。

施伐柯抽了抽嘴角。

「好好好，我看妳能嘴硬到幾時！」焦奇恨恨地啐了一口，大概是見施伐柯擋在前頭，他不敢打不敢罵的，畏手畏腳占不著便宜，撂下這句狠話便氣沖沖地走了。

焦嬌一直到焦奇走遠，才鬆了口氣，一臉感激地對施伐柯道：「小媒婆，這次真是謝謝妳啊。」

「怎麼搞得這樣狼狽，妳那兩個寸步不離身的保鏢呢？」施伐柯奇怪地問。

焦嬌的表情黯了黯，「被阿勺趕走了。」阿勺，便是她那個腦袋不太靈光的繼子，今年十二了，長得人高馬大，發起脾氣來一般人根本攔不住。

「他不是向來還算聽妳話嘛？」施伐柯有些驚訝。

焦嬌雖然脾氣暴躁，但心腸好，段老闆好酒色，買了個僕婦照顧傻兒子，平時自己是不聞不問的，焦嬌嫁進段家之後發現那僕婦懶散不說，還拿阿勺取樂，給阿勺的吃食連豬食都不如，便把這僕婦攆走了，自己照料這傻兒子，時間久了，阿勺倒是變得十分聽她的話。

「他親娘的娘家尋來了。」焦嬌苦笑著道，「現在拿我當仇人呢。」

段老闆脾氣暴戾，據說原先的妻子是被他折磨至死的，那戶人家失了女兒連個面都沒敢露，如今知曉段老闆不在了，便又開始登門，待她發覺的時候，阿勺已經被哄得把她這個後娘當仇人看了，口口聲聲都是讓她滾出段家。

施伐柯皺了皺眉。

「瞧我，說這些幹嘛。」焦嬌笑了笑，故作輕鬆地道：「我可是他段家明媒正娶進門的，我不肯走，誰還能攆我出去不成……」

施伐柯還是皺眉看著她。她娘家是肯定靠不住的，非但靠不住，還虎視眈眈地恨不得從她身上啃下一塊肉來，繼子如今又被外人哄住了……那些人的目的無非就是段家的家財，焦嬌孤零零一個女人，處境實在是不太妙啊。

「好了好了，別這樣看我。」焦嬌歎了一口氣，有些無奈地翻了個白眼道，「其實我也挺心寒的，不過吧……那混帳有句話沒說錯，我這麼年輕又這麼漂亮，與其孤零零守著那個不知事的小傻子下半輩子無依無靠，還不如把自己再嫁一回。」

說到這裡，她眼睛一亮，「哎，我眼前這不就有一個現成的大媒嘛，小媒婆，妳幫我相看相看唄。」

……這就順勢托上媒了？施伐柯簡直歎為觀止。

「我也知道自己是二嫁，不是什麼黃花大閨女了，要求不高的，但肯定不能是那個年紀都夠當我爺爺的老秀才！」焦嬌撇了撇嘴道。

施伐柯幾乎要被她逗笑了，「好，我會給妳留意的。」施伐柯應了下來。

「嗯……不光是老秀才，秀才也不要，讀書人都不要。」焦嬌又狠狠地說了一句，說著，聳了聳肩，頗為自嘲地道：「雖然可能人家讀書人也瞧不上我，但是萬一呢，還是防患於未然比較好。」

「好。」施伐柯爽快地應了，她倒是能理解焦嬌為何這麼討厭讀書人，畢竟他們家就是為了供養焦奇那個讀書人把她給賣了，且如今看架勢似乎還打著算盤想把她再賣一回。

「那便多謝妳了啊。」焦嬌一點也不扭捏地道了謝。

焦嬌雖然名聲不大好，但實際上施伐柯挺喜歡她快言快語的樣子，她的人生實在算不上坦途，但她從來也不曾怨天尤人，總有辦法讓自己看起來很開心。

這麼想的時候，施伐柯已經在腦海裡盤算了一下有沒有什麼合適她的人，然後，還真讓她想起了一個人，大哥衙門裡的同僚，趙竹，那是個很風趣的人，三十多歲了，人長得也算俊朗，但不知為何一直蹉跎至今還未娶親。

施伐柯決定回去問一問大哥，若是靠譜，她就給牽個線搭個橋。

這麼想的時候，梅子酒的香氣一直不停地往她鼻子裡鑽，導致她精神根本無法集中，只能望著那灑了一地的酒液，深深地歎了一口氣。

「哎呀，瞧瞧這灑了一地的酒，真是對不住啊。」焦嬌有些不好意思地道，見施伐柯一臉肉疼的表情，她捂嘴笑了起來，「好了好了，不就是一壺酒嘛，姐姐我賠妳兩壺。」

「當真？」施伐柯眼睛一亮。

「我還能騙妳不成？」焦嬌哈哈大笑，拉著施伐柯又進了盛興酒樓，拉住一個小夥計道，「給我來兩壺梅子酒。」

小夥計一看，臉頓時皺成了一團，「施姑娘，怎麼又是妳？」

「這次可不是我要買，是她要買。」施伐柯指指焦嬌，一臉無辜地道。

「可是梅子酒已經賣完了啊。」小夥計苦著臉道。
施伐柯眉毛又豎了起來。
「誒不是！這次真的是賣完了！剛剛給妳的已經是最後一壺了，不信妳去問我們掌櫃啊！」
小夥計擺了擺手，一臉無奈地道。
施伐柯豎起的眉毛立刻無精打采地耷拉了下來，看得焦嬌有些好笑。
「就這麼饞酒啊。」焦嬌拿胳膊頂了頂她的腰側，笑道。
「……妳不會懂的。」施伐柯一臉憂鬱地道。
「妳知道，焦家以前是幹什麼的嗎？」焦嬌忽然神秘兮兮地道。
施伐柯一愣，隨即眼睛一亮……焦家據說是世代釀酒為生的啊！
不過隨即又鎮定了下來，因為那只是據說，焦家父子總喜歡四處吹噓焦家曾經的榮光，有多少酒坊之類的，但實際上，焦家現在窮得叮噹響，否則也不會想出賣女兒的招數了，賣了一次還不夠，還想賣兩次……恬不知恥。
「那是真的。」焦嬌彷彿看出了她在想什麼，笑咪咪地道。
「當真？」施伐柯有點驚訝。
「嗯，不過後來一代不如一代，釀酒的手藝漸漸失傳了，酒坊也一個個轉手，變成了如今這副德行，不過嘛……」焦嬌說到這裡，賣起了關子。
「不過什麼？」施伐柯好奇地問。

「不告訴妳，我明日來妳家找妳，到時候妳就知道了。」焦嬌神秘兮兮地道，說著，又沖她眨了眨眼睛，「正好來看看妳有沒有替我打聽到什麼好人家。」

正大光明，一點都沒有要害羞的樣子，可真不愧是焦嬌啊。

施伐柯翻了個白眼。好吧，隨你。

施伐柯今日過得著實十分充實，先是說和了周小姐和李秀才的婚事，又半途接下了焦嬌的托媒，待她回去的時候，已是暮色四合。

才走到家門口，便看到一個熟悉的人影正站在他們家門口。

「陸二哥？」施伐柯一愣，隨即忙快步走了過去。

「阿柯，妳回來啦！」陸池轉過身，笑著看她飛奔向自己。

「今日我三哥三嫂回門，家中無人，你在這裡等多久啦？」施伐柯問。

陸池搖搖頭，「我也剛來。」

施伐柯鬆了一口氣，「那便好。」

正說著，隔壁家的門忽然開了，露出一張八卦兮兮的臉來，看到施伐柯看了過來，那老太太不好意思地笑了笑，用缺了牙有些漏風的嘴道：「阿柯妳回來了啊，這位小公子是在等妳吧，我看他等了差不多兩三個時辰了呢，這大熱天的也真是可憐見，我正有些擔心呢，萬一中暑了可怎麼是好，妳回來就好啦！」說完，門「砰」地一聲關上了。

施伐柯和陸池面面相覷。

陸池輕咳一聲，「也沒有兩三個時辰……差不多一個時辰吧，之前去了一趟朱家，代大哥大嫂送了回門禮。」

因為嵐州路途遙遠，當日朱顏顏出門之時，朱大夫人就交待了不必守那三日回門的規矩了，一切從簡，因此這次陸池回來，就先代為送上了回門禮。

施伐柯「嗯」了一聲，不知為何，她莫名其妙感覺不自在，眼神飄移了一下，她輕咳一聲，抬手把鬢角散落下來的頭髮別到耳後，才開口問道：「你找我有事嗎？」

「嗯，我這次從家裡過來，娘讓我帶了些東西給妳，那日回來的時候妳不是正忙著嘛，便沒找著機會給妳。」陸池說著，把手上一直拿著的一個小包袱遞給了她。

「陸伯母給我帶的東西？」施伐柯一臉驚訝，隨即忙擺擺手道：「不用了，上回已經給了那麼貴重的見面禮，這無功不受祿的，我不能再拿陸伯母的東西了……」

「不是什麼貴重的東西，不過一些山貨而已，哦……還有一塊臘肉，是特殊手法製成的，夏日裡也能放得住一段時日，我娘說想讓妳嘗嘗。」陸池笑咪咪地道。

聽說有臘肉，施伐柯一下子想起了那日在陸池院子裡吃過的那道鮮美的臘肉炒山蕨，不由得咽了咽口水，沒有了拒絕的勇氣，伸手接了過來，十分誠懇地道了謝。

「裡頭還有一些乾蘑菇，是大嫂摘了晾乾的，特意囑託我帶給妳。」陸池這麼說的時候，表情有些一言難盡。

他忍不住又想起了那次莫名其妙的家庭摘蘑菇日，朱顏顏摘的那一堆五顏六色的毒蘑菇……知道他要回銅鑼鎮之後還非要曬一些乾蘑菇帶給阿柯，熱情得簡直讓人無法拒絕，他當時就打定主意要半路找個地兒，把那袋乾蘑菇挖個坑給深埋處理的，要不然被人撿了去豈不是害人！

不過後來大哥將一小袋乾蘑菇遞到他手裡的時候，他驚訝地發現那一小袋乾蘑菇居然都是正常的蘑菇，能吃且不會毒死人的那種……再看看大哥沉穩的眼神，他立刻懂了。

大哥也真是不容易。

關於大嫂擅長做肉糜粥這件事他也曾聽聞過，很是同情大哥。

施伐柯注意到了陸池一言難盡的表情，不由得有些忍俊不禁，向來養在深閨輕易不肯見人的朱顏顏去山上采蘑菇的場面……她一時也是想像不出來。

但應該很快樂吧。施伐柯笑得眼睛彎彎的。

陸池看著眼前這個眼睛笑得彎彎的女孩，心下綿軟成一團，「阿柯，謝謝妳。」

施伐柯一愣，隨即失笑，「你給我帶了禮物，還要謝我？」

「謝謝妳幫忙打理院子，還有餵養小黑。」陸池看著她，認真地道。

不知為何，那種不自在的感覺又來了，施伐柯撓撓腮幫子，解釋道：「不用謝我，都是克己來找我一起幫忙整理的。」

陸池特別喜歡看她這種略顯不自在的樣子，這是否說明她對他也並非是心如止水的？於是這位先生在心裡下定決心，回頭要對他可愛的學生更好一些才行……

施伐柯卻不知道陸池那些奇怪的念頭，她想起了賀可甜贈予她的那兩幅畫，心裡對陸池是不是臨淵先生這件事實在好奇得很，於是決定當面問一問。

「陸二哥，我可以問你個事兒嗎？」她頗為謹慎地道。

「嗯？什麼事？」陸池默默地想，他已經快要習慣陸二哥這個莫名其妙的稱呼了呢。他娘真是有毒啊！

「你……是臨淵先生嗎？」施伐柯眼巴巴地看著他，有點緊張地問，她也不知道自己為何要緊張。

聽到這個問題，陸池有些驚訝，「誰告訴妳的？」

「我三嫂……」施伐柯想了想，又有些沮喪地道，「也許我二哥也知道了，他們看過你送給我的那幅江南煙雨圖。」

她沮喪的樣子讓陸池忍不住笑了起來，揶揄道：「妳沒告訴他們，那是贗品嗎？」

是！她說了那是贗品！但是陸池現在的表情讓她覺得自己鬧笑話了。

施伐柯有些忿忿地道：「你為何一早不告訴我？」

「若我當時便告訴妳，我是臨淵先生，妳會相信嗎？」陸池笑問。

「當然……」不會。

施伐柯語塞，當時她明明都已經看到那幅畫上印著一枚寫著「臨淵」二字的小印了，可是誰會想到那個大名鼎鼎，一幅畫便價值千金的臨淵先生會落魄到當街擺攤賣畫呢？賣畫也就算了，還無人問津！最後還是幫人代筆寫書信，才賺了幾文錢，唯一一筆大額收入，還是小胖子朱禮請這位未來先生代筆抄寫了五遍《孟子》。

如今再想，當初那個小胖子從袖子裡掏出那本《孟子》扔到書桌上，囂張地伸出一隻胖爪子，十分霸氣地說，幫我抄五遍，一遍一兩銀子時……那模樣著實好笑，若當時那小胖子知道這位看似落魄到當街擺攤賣畫的書生，日後會成為他的老師，大概……便不會如此囂張了吧。

不過她自己也沒有好到哪裡去……當時，她還勸慰他，說沒關係，畫贗品不丟人，我相信假以時日你一定會變成比臨淵先生更厲害的大畫家！還說，我回頭就把這幅畫裱起來，掛在我的房間裡，等以後你變成大畫家了，這幅畫一定會非常值錢！

施伐柯默默捂住了臉，簡直不堪回首。

「阿柯，妳不必如此。」陸池笑著抬手，溫柔地拉下了她的手，「雖然妳不知道我是臨淵先生，可是妳很喜歡並且很珍惜我的畫啊，當時妳還說，『我覺得你的畫比那個臨淵先生好多了』，我聽了覺得很開心。」

「真的？為、為什麼？」

「因為別人喜歡我的畫，可能只因為這是臨淵先生的畫，可是阿柯妳不一樣，妳只是喜歡這副畫本身。」陸池溫柔地看著她，「我很高興這樣。」

其實這話是偷換概念，或許有人是慕臨淵先生的名才買的畫，可也有人是因為喜歡臨淵先生的畫而買的啊……不過為了哄他的姑娘，臨淵先生顯然才不管這個。

施伐柯呆呆地看著他，白皙的臉上不自覺染了一層緋紅。

要命了，這樣好看，還這樣溫柔，被這雙眼睛這樣溫柔地看著，施伐柯有種快要溺斃其中的感覺……

「在下陸池，字臨淵。」陸池彬彬有禮地拱了拱手，彷彿初次見面那樣自我介紹道，說著，又饒有深意地加了一句，「臨淵羨魚，不如退而結網的臨淵。」

施伐柯呆呆地看著陸池，只覺得……自己彷彿就是那條被網住了的蠢魚。

這感覺……不太對勁啊！

施伐柯猛地驚醒過來，她有些慌亂地後退了一步，定了定神，才道：「啊對了……我剛剛想起來還有件事要同你講來著。」

「嗯？什麼事？」陸池眼帶笑意，問。

施伐柯猶豫了一下，道：「昨日，沈桐雲來找我，說是她娘相中了你當女婿，想托我做媒。」

陸池臉上的笑意微頓，「哦？妳同意了？」聲音微涼。

「當然沒有。」施伐柯瞪大眼睛，一臉不可思議地道，「雖然你婚事艱難，但我也不可能給你說一個人品有瑕的姑娘啊！」沈桐雲幹的那些事，陸池可是都同她講了的，她怎麼可能在明知道沈桐雲的為人之後，還將她說給陸池，那不是說親，那是在結仇啊。

陸池嘴角抽了抽，這姑娘總是在不遺餘力地提醒著他婚事艱難這件事呢！

「其實這事兒我本不該告訴你的，畢竟也涉及到沈姑娘的閨譽，可是……我總覺得她不會輕易放棄，而且以她的性格，可能還會再做些什麼，所以想著還是同你說一聲比較好。」施伐柯有些糾結地道。

「嗯，妳做得很好，不用理會他們。」陸池贊許地點點頭，心中卻在冷笑，這世上總有那麼一種人，心比天高，命比紙薄。

郁七娘哪來的臉要把那麼個女兒嫁給他？若她當真如娘說的那般好，他自然不會如此這般刻薄，可如今……不過一個家奴，賣身契還在他們家呢，就敢肖想當主子了？

人心不足蛇吞象，這是安穩的日子過久了，又想鬧出事情來了。

陸池的肯定讓施伐柯心裡踏實了下來，隨即心裡又有些內疚，當初沒說成的周小姐如今婚事也已經定了，為什麼旁人的婚事總是那麼順利，偏陸二哥這麼好的人……婚事就如此艱難呢。而且陸伯母還對她這麼好，還給她帶臘肉了，她可不能讓陸伯母失望。

「陸二哥！」施伐柯一下子又湧起了雄心壯志。

陸池見她突然一臉認真地看著自己，心裡不由得漏跳了一拍，「嗯？」

雖然知道不大可能，但心裡還是忍不住升起了一絲期盼……

「你放心，你的婚事我既然答應過你，就一定會放在心上好好留意的，這是一輩子的大事，寧缺勿濫。」施伐柯一臉認真地道，「所以你也不要太心急。」

「……」陸池感覺自己剛剛鼓噪起來的那顆心又悠悠地沉靜了下去。

他就知道。

「我不急。」陸池興致不大高地說了一句，轉身走了。

施伐柯站在原地，有些擔心地想，陸二哥看起來彷彿深受打擊呢……果然，婚事一直沒有說成，他也很不開心吧。

正思量著，那廂施三哥和賀可甜回來了，還帶了滿滿一車的禮物。

「阿柯，妳站在門口做什麼？」賀可甜下了馬車，好奇地看了一眼她手裡抱著的包袱，「妳手裡拿著什麼？」

「陸伯母帶給我的臘肉，還有顏顏給的乾蘑菇。」施伐柯看了一眼後面滿滿一大車的禮物，瞪大了眼睛，這是把賀府給搬空了嘛……

陸伯母和顏顏？賀可甜稍稍一想，便明白了，「陸公子來過了？」

施伐柯點點頭，「這臘肉可好吃了，我晚上做個臘肉炒乾蘑菇給你們吃。」說著說著，忍不住吸溜了一下口水。

「瞧妳那沒出息的樣兒。」賀可甜看了她手裡捧著的那個包袱一眼，恨鐵不成鋼地抬手戳了戳她的腦門，然後轉身從車裡拿了一個盒子出來，「喏，來福記的雪花酥，妳要吃嗎？」

「要要要。」施伐柯快流口水了，「三嫂妳對我真好，回門還惦記著給我買雪花酥呢。」

怎麼可能。賀可甜在心裡翻了個白眼兒，這是她的蠢哥哥買的。

今日回門，爹拉著施三哥喝酒聊天去了，娘留她說些私房話，按照正常情況，她以為娘會關心一下她婚後生活習不習慣啊，施三哥對她好不好啊，或者問一下婆家人好相處嗎，有沒有為難她之類的問題……這才是一個正常的娘親該問的話嘛。
可是沒有。
娘問，「妳和阿柯處得好嗎？」
「挺好啊。」她當時也沒有多想，畢竟阿柯是她的小姑子嘛，要是小姑子難相處的話，她的確也是會有些為難，不過她和阿柯本來就是從小一起長大的，怎麼可能處得不好。
聽了她的回答，娘彷彿很滿意的樣子，又道：「那下次回來，帶阿柯一起回來玩啊。」
賀可甜覺得有些不對勁，今日她回門，娘的話題怎麼一直圍繞在阿柯身上轉？
「娘，妳怎麼不問問我在施家習不習慣，相公對我好不好，婆家有沒有人為難我啊？」賀可甜終於忍不住問道。
「啊？」她娘點點頭，從善如流地問道：「那妳在施家習不習慣？妳相公對妳好不好？婆家人有沒有為難妳？」
「還算習慣，相公……對我挺好的。」賀可甜默默腹誹，就是晚上煩人了點，臉上紅了紅，又繼續道：「婆家人也都很好相處。」
「哦。」她娘點點頭，又把話題繞了回來，「那阿柯平時喜歡吃些什麼啊？施家有沒有給她相看人家？」她娘又道。
「……」賀可甜終於覺得不對勁了，「娘，妳到底對阿柯有什麼企圖？」
「不是我有什麼企圖，是妳哥。」
「什麼？」賀可甜瞪大了眼睛。

「要不妳當他為什麼那麼反對妳和重海的婚事？」她娘慢悠悠地道。

賀可甜卻還是不大相信。

她一直認為大哥把阿柯也當妹妹看的，現在娘竟然說她哥對阿柯有企圖……怎麼可能嘛，肯定是娘胡思亂想，但賀可甜十分聰明地沒有去和她娘辯解這件事，因為她娘一旦認定了什麼事情那肯定是說不通的，她決定還是省些力氣。

於是，賀可甜沒有再去深究這件事，開開心心地在娘家待了一天，傍晚準備回去的時候，賀可甜看到又被裝得滿滿當當的馬車心裡暖暖的。

賀可鹹親自來送他們。

「車上的是回禮，妳帶回去分一分吧，也是一份心意。」賀可鹹吩咐完妹妹，轉身走到施三哥身邊，抬起手重重地拍了拍他的肩，沉聲道：「對我妹妹好一點，不然我會親自上門找你算帳的。」

施三哥被打得一咧嘴，「是，大哥，我會好好對可甜的。」

見他咧著嘴巴笑，一口白牙晃得人眼暈，賀可鹹就十分不得勁，覺得這混帳簡直是在赤裸裸地炫耀，於是笑了笑，又道：「蓯蓉羊骨湯可還入口？身子不濟也不要緊，慢慢補回來就是，車上我給你裝了一些調理身子的大補之物，用完同我說，不用客氣。」

施三哥看著笑得一臉陰險的賀可鹹，終於明白他新婚第二日早上眾目睽睽之下那盅大補湯是出自誰的授意了，但……這位現在是他的大舅子了。

他忍。反正他贏了，贏者總是需要學會寬容的。

於是，施三哥一臉感動地道：「大哥，你真是對我太好了。」施三哥的不要臉成功噁心到了賀可鹹，他默默後退一步，離他遠了些。

賀可甜哪裡知道他們之間的刀光劍影，只覺得自己先前真是太不應該了，哥哥對她這樣好，這樣關心她和施三哥，她之前竟然還罵哥哥吝嗇、龜毛、壞脾氣、不講道理又不通人情，如今，只剩下了滿滿的內疚和感動。

然而，在回去的路上，賀可甜在馬車上看到那一大盒雪花酥時，那些感動全都餵了狗。她一下子想起了娘的話，娘說，「要不妳當他為什麼那麼反對妳和重海的婚事？」

賀可甜冷靜下來，認真地把所有的事情前前後後仔細想了一遍……然後，終於恍然大悟。難怪那次她異想天開讓哥哥娶阿柯，他竟然那麼快就同意了，原來是對阿柯早有企圖啊！可不就稱了他的心意嘛……所以後來她改變主意想嫁給施三哥，他就憤怒了。

畢竟之前她不願意嫁給施三哥時，他說只要他娶了阿柯，那她和施三哥的事兒就肯定不能成，要不然豈不成了換親？說出去也不好聽啊。現在反過來，她嫁給了施三哥，那他再想娶阿柯，也不會容易，這才是問題的癥結所在啊！

她終於明白……娘是對的。

於是此時，賀可甜看著自家小姑子抱著雪花酥樂得見牙不見眼的樣子，心情有點複雜。

這天晚上，施伐柯果然親自下廚炒了個臘肉炒乾蘑菇，受到了大家的熱烈追捧。只有賀可甜十分糾結，一想到自家大哥對自家小姑子有所企圖，她就有點無所適從，不知道該幫誰好。

晚膳之後，賀可甜把從賀家帶回來的禮物給大家分了分，一家子熱熱鬧鬧的。

施伐柯悄悄拉了拉施大哥的衣袖，「大哥，我想問你點事兒。」

施大哥向來寵妹妹，聞言將她帶到了外頭院子裡，笑問，「什麼事啊，這樣神秘兮兮的。」

「大哥，上回我去衙門找你，在門口領我進去的那個趙大哥，娶親了沒啊？」施伐柯嘿嘿一笑，問。

「妳問這個幹什麼？」施大哥眉頭一皺，頗為警覺地道。

「我記得你上回提起過，說他年過三十了還未娶親嘛，如果現在還沒消息，我想給他說門親事。」施伐柯眨了眨眼睛，笑得一臉討好，「大哥，你明天幫我探探他的口風吧！」

施大哥心裡一鬆，又覺得有些好笑，他剛才差點以為妹妹看上了那個趙竹呢。

「怎麼突然想起來要給他說親了？」施大哥把心放回了肚子裡，有些好奇地問：「說的是誰？」

「焦嬌，大哥你還記得她嗎？」

施大哥彷彿被口水嗆到，猛地咳嗽起來，拼命咳了半天，好不容易才停了下來，啞著嗓子一臉複雜地問，「妳剛剛說誰？」

「焦嬌啊，那個守了寡的段夫人。」施伐柯以為他不記得了，提醒道。
「……怎麼忽然想起來要給她說親了？」
施伐柯歎了一口氣，將今日在盛興酒樓門口撞見的那一幕，然後替焦嬌解圍，焦嬌向她托媒的事情跟他說了，「如今段家容不下她，娘家又靠不住，她便想自己給自己做回主，這事兒我已經應了，這不，就想起了你們衙門裡的那個趙大哥，我記得他是一個挺風趣的人，應該和焦嬌合得來。」
「風趣又如何？風趣就能和她合得來了？」施大哥忽然開口打斷了施伐柯的話，語氣頗有些生硬。
施伐柯有些詫異地看了自家大哥一眼，因為還需要大哥的幫忙，於是耐著性子解釋道，「焦嬌是個愛說愛笑的嘛，和趙大哥應該能說到一起去，過日子當然開心最重要啊，何況焦嬌第一次成親的結果並不怎麼愉快。」
「正因如此，這次更應該慎重，妳知道趙竹是個什麼人？他一個月能賺多少錢？他家裡情況如何，爹娘好不好相處，以及會不會介意她嫁過人？」
施大哥皺著眉頭，臉色難看地道：「妳什麼都不知道，就這麼武斷地想要把焦嬌說給他，像話嗎？」
「大哥，你怎麼了？」施伐柯瞠目結舌，「我只是有這個想法，想讓大哥你先幫我探一探他的口風啊……」為什麼反應竟如此之大？
「不用探，我知道。」施大哥的語氣十分生硬，他揮了揮手，十分武斷地道：「趙竹不適合她。」

「哦？」施伐柯忽然瞇了瞇眼睛，充滿求知欲地問：「為什麼？」

「趙竹早年有個青梅竹馬的表妹，感情一直很好，但是趙竹的母親比較強勢，不允許他娶表妹過門，後來那個表妹嫁了人，趙竹便至今未娶，他心裡一直惦記著那個表妹，不適合娶別人。」施大哥皺著眉頭道。

一個心裡藏著朱砂痣的男人，確實不是良配，但大哥的反應卻很值得玩味啊……

「原來如此，我原先還疑惑他為何這麼大年紀還未娶妻呢。」

施伐柯點點頭，見大哥的表情略略放鬆了一些，忽然話音一轉，又道：「可是表妹都已經嫁人了，趙大哥總要娶妻的吧。」

施大哥的表情一下子又變得緊繃起來，施伐柯看出了些門道，有些想笑。

「聽聞前些日子，那個表妹和夫家和離了，且趙竹他娘去年走了，如今沒人管著他，這幾日他整日裡喜氣洋洋的，估計是打算和那個表妹再續前緣，妳不要再打他的主意了。」施大哥撓撓腦袋，有些煩躁地道。

「那該如何是好。」施伐柯皺著眉，故作苦惱地道，「那你衙門裡可還有尚未娶妻的後生？不介意焦嬌是二嫁的那種。」施大哥猛地咬緊了牙關，下巴繃得緊緊的。

「哎呀，我想起來了。」施伐柯忽然一驚一乍地道，「西街雜貨鋪的秦老闆前些日子好像放出風聲說要續弦來著，我明日去打聽打聽，大哥你早些休息吧。」施伐柯說著，轉身便要走。

「阿柯！」身後，施大哥開口叫住了她，施伐柯停下腳步，慢慢轉過身來看向他。

施大哥苦笑，「妳都已經看出來了，又何必故意氣我。」

「大哥，你喜歡焦嬌？什麼時候的事？」施伐柯看著他，十分好奇地問。

她想起那一日問大哥可有意中人，大哥卻是紅著耳朵避而不答，當時她便猜測大哥是否有什麼難言之隱……原來大哥中意的，竟然便是焦嬌嗎？

可是，焦嬌和大哥……性格南轅北轍的兩個人，怎麼湊一起去的？

「一年前，我不是押送一個要犯去府城嘛。」施大哥略有些不自在地道。

施伐柯不自覺瞪大了眼睛，竟然是一年之前的事？上次她和陸池去踏青之時還曾見過焦嬌呢，那次後來大哥也來了……她竟一點端倪也沒看出來，大哥可真能藏啊。

「後來發生了什麼事嗎？」見他說了一句就頓住，施伐柯追問。

「回來的途中那犯人的兄弟來尋仇，我背上中了一箭，又被一路追殺。」

「什麼？我怎麼從來沒有聽說過？」施伐柯臉色頓時變了，「這麼要緊的事情，你竟然一直瞞著我們？」

「也不是有意想瞞著……當時我身上帶著傷，又一路追逃即將力竭，恰好路過段家，便想在段家躲上一躲，結果被她給發現了，她給了我一處藏身，還救了我一命。」施大哥似乎是怕她著急，儘量簡潔地將事情的經過說了一遍。

「那個追殺你的人，抓到了嗎？」施伐柯有些緊張地問。

「放心，已經處決了。」

施伐柯鬆了口氣，這才有心思琢磨起大哥剛剛說的話，總覺得……大哥關鍵處說得十分含糊，再配合他極度不自然的臉色，似乎不僅僅是救命之恩那麼簡單啊……

「你在她家待了幾天？」施伐柯忽然問。

施大哥臉色越發的不自在了，他撇開了視線，「……大概十多天吧，因為那人極有耐心，一直在周邊徘徊，因此我便留在段家養好了傷才走的。」

十多天。難怪大哥一直不曾說起過這件事，寡婦門前是非多，要是被旁人知道焦嬌曾把大哥藏在段家十多天，焦嬌大概會被唾沫星子淹死吧。

「明日，焦嬌說要來找我玩。」施伐柯忽然道。

施大哥怔了怔，神情一下子變得緊張起來，手足無措的樣子。

「她說想來看看我有沒有替她打聽到什麼好人家。」

施大哥緊緊抿起唇，半晌，表情凝重地道：「我去跟爹娘說，我想娶她。」說完，不待施伐柯給出什麼反應，轉身就走。

這個時候，賀可甜已經將禮物都分完了，陶氏和施長淮正在房中說話，忽然聽到有人敲門。

施長淮正拉著陶氏的小手說得盡興呢，聽到敲門聲很不高興，「誰啊？」這大晚上的簡直太沒有眼色了。

「是我。」外頭響起了施大哥的聲音。

「老大？」施長淮開了門，表情頗為不善地道：「這麼晚了不睡覺，來幹嘛？」

施大哥頭皮一緊，鼓起勇氣道：「爹、娘，我有件事想同你們說。」

「有什麼事明天再說吧。」施長淮有些不耐煩，正準備趕他出去，便聽陶氏道：「讓他進來說吧。」

好嘛，陶氏發話了，施長淮只得不耐煩地「嘖」了一聲，放了兒子進來。

「說吧，什麼事？」施長淮在陶氏旁邊坐下，見大兒子像個木頭樁子似的杵在那兒，也不開口，不耐煩地催促。

施大哥捏了捏拳頭，開口道：「爹、娘，我想娶焦嬌。」

焦嬌是個寡婦，還是個名聲不大好的寡婦，縱然他覺得她千好萬好，可是世俗的眼光從不曾對她友善過，他拿不准爹娘聽他這樣講會是什麼反應，因此說完這句話之後，他的心一下子提到了嗓子眼……會同意嗎？還是會暴怒，然後把他揍一頓扔出去？

「誰來著？」施長淮一時沒想起焦嬌是誰。

「段家那個寡婦？」陶氏卻是想到了。

「是。」施大哥緊張極了。

「哦，是她啊。」施長淮點點頭，又擺擺手道：「行了，知道了，你出去吧。」

誒？施大哥一愣，他那一瞬間想了無數個可能，可是卻怎麼也沒想到爹娘會是這樣的反應，那這到底是同意還是不同意呢？

「你想娶你就去娶啊，能娶到就是你的本事。」見他愣著不動，施長淮一臉奇怪地看著他，「怎麼，難不成還想讓你娘給你保媒？」

施大哥眼睛一下子亮了，「不……不用了，我去找阿柯！」說完，轉身飛也似地走了。

「嘖，真慫，半點沒有老子當年的風範，拖拖拉拉一年了，才敢來說。」施長淮十分嫌棄地道，然後又有些後悔，「都怪我，當初不應該給他取名叫纖纖的，好端端一個身高八尺的漢子，做點事情跟個小姑娘似的拖拖拉拉。」

陶氏忍不住失笑，一年前那樁事兒其實他們早就知道了，畢竟施長淮和他們縣太爺也算是酒肉朋友，那日聽了這樁事他回來就跟她說了，還饒有興致地同她打賭說施纖纖一定是看上了那個小寡婦，最多不出三個月，定然會上門求娶，結果……愣是憋了一年才有動靜。

施大哥不知道自己被親爹嫌棄了，不過就算知道大概也不會在意，因為他實在太高興了，他沒有想到原以為十分艱難的事情竟然會如此順利，順利到出乎他的意料之外。

「阿柯，爹娘同意了。」施大哥眼睛亮亮的，「妳幫我保媒吧，我請妳當我的媒人。」

施伐柯笑了起來，「好。」

第二日，焦嬌如約而來，還帶了一個小罈子。

「這是什麼？」施伐柯的視線一下子被那個小罈子吸引了，看模樣……似乎是個酒罈？

焦嬌笑了笑，沒有回答，而是直接抬手拍開了罈子上的泥封，一種難以言喻的香氣一下子撲鼻而來，施伐柯的眼睛一下子就亮了。
酒！她從未曾聞過如此香醇馥郁的酒香，光聞著就彷彿要醉了似的。
「這是什麼酒？」施伐柯眼睛亮亮地問。
焦嬌被她一臉饞相的樣子逗笑了，「這是我釀的果酒，很適合女孩喝，妳要嚐嚐嗎？」
「這是妳釀的酒？」施伐柯一臉驚奇。
「嗯，我小時候無意中在家中一個壞掉的酒罈子裡找到了一張羊皮紙，記載的是釀酒的方子，後來我在鎮上一家酒鋪做了一段時間的幫傭，學了一些，漸漸把那方子摸透了，嫁到段家之後，我便經常自己釀一些酒來喝，那個方子裡的酒我已經能釀個七七八八了。」
「無師自通啊。」施伐柯都有點崇拜她了。
焦嬌昂了昂下巴，一臉驕傲地道：「這大概就是天分好吧。」
施伐柯歎為觀止，感歎焦家真是瞎了眼，把一個真正的寶貝廉價賣了出去，若是他們知道他們眼中不值錢的女兒竟然身懷他們焦家已經失傳的釀酒絕技，大概會悔不當初吧。
「來，嚐嚐味道如何。」焦嬌將酒罈子塞到她懷中。
馥郁的酒香撲鼻而來，施伐柯情不自禁地咽了咽口水，她是很想喝沒錯，但她不敢喝，她自己的酒量自己知道，一口下去大概就要不省人事了，她還有正事沒辦呢……而且，要是焦嬌成了她大嫂，以後她豈不是想喝多少酒就有多少酒了？豈不美滋滋？
於是，她如個酒鬼般狠狠地嗅了一口酒香，便忍痛將酒罈子放在了一旁，「不急，先來說說妳的婚事吧。」

焦嬌一愣，有些驚訝的樣子，「妳還真有人選啦？」

「嗯。」施伐柯點點頭。

「是個什麼樣的人？」焦嬌好奇地問。

「此人身高八尺有餘，相貌俊朗，自小習武，身體康健，無甚不良愛好，父母也是和善之人。」施伐柯煞有介事地介紹道，「哦對了，他不是讀書人。」

「真有這麼好的人，人家願意娶一個寡婦？」焦嬌持懷疑的態度。

「嗯，我問過他，他說願意的。」施伐柯一本正經地道。

「他爹娘也同意？」焦嬌一臉驚訝地問。

「嗯，他爹娘也同意。」施伐柯點頭。

「……妳跟人家講了是我嗎？我在寡婦裡可也是名聲不好的那一類。」焦嬌想了想，又頗為沒有自信地道。

難得看到連走路都是昂著頭，一副老娘不好惹的焦嬌不自信的樣子，施伐柯忍俊不禁。

「妳笑什麼，若真有那麼好的條件，人家憑什麼要娶我一個寡婦。」焦嬌說著，一臉懷疑地道：「莫不是這人有什麼問題？他是做什麼謀生的？」

「他沒什麼問題，是個捕頭。」施伐柯想了想，終於忍不住大笑了起來，「就是名字奇怪了點，但那也不能怪他，畢竟他的名字他自己也做不得主，爹娘給的嘛。」

話說到這裡，這個人是誰幾乎已經呼之欲出了。

焦嬌呆住。

「怎麼樣，這個人妳滿意嗎？」施伐柯眨了眨眼睛，問。

焦嬌眼睛亮了亮，隨即又黯了下去，「……不行的。」

「為什麼？妳不是想重新嫁人嗎？我大哥哪裡不好？」施伐柯有些驚訝地問，明明剛剛還一副十分心動的樣子呢，怎麼張口竟然就拒絕了呢。

焦嬌咬了咬唇，愣怔半晌，才喃喃道：「不是不好，是太好了。」

「啊？還有嫌太好的？」施伐柯一呆。

焦嬌白了她一眼，「我配不上他。」

「配不配得上又不是妳說了算的，我大哥中意妳啊！」施伐柯一臉莫名其妙地道。

「不是的。」焦嬌搖搖頭，一臉了然地道：「是妳跟他講我想再嫁是吧，他只不過是想對我負責罷了……他真傻，我一個壞了名聲的寡婦，有什麼要緊呢。」

負責？「我大哥對妳幹了什麼？」施伐柯一臉錯愕地道。

怎麼就扯上負責了？施伐柯覺得自己似乎錯過了一些精彩的東西，還以為大哥是個老實人呢！原來也是一肚子壞水……

焦嬌臉一紅，不肯說了。

「好吧，妳不肯說就算了。」施伐柯見撬不開焦嬌那張閉得跟個蚌殼似的嘴，有點失望地收回了八卦的目光，然後雙手托腮，一邊聞著酒香一邊漫不經心地道：「不過我大哥不是個迂腐的人，如果他不喜歡妳，便肯定不會為了所謂的責任便要娶妳。」

焦嬌垂眸，一副不為所動的樣子。

「其實我一開始不知道大哥想娶妳，我原本想替妳相看的也不是我大哥，而是我大哥的一個同僚。」施伐柯見她不為所動，又換了個話題，見焦嬌終於好奇地看了過來，她咧了咧嘴道：「不過，我向大哥打聽他這個同僚的時候，他的反應異常激烈，這才引起了我的懷疑。」說到「異常激烈」這四個字的時候，施伐柯加重了語調。

焦嬌愣了愣。

「我大哥是個不會撒謊的老實人，他的表情騙不了我，我哄他要把那位趙大哥介紹給妳的時候……」施伐柯瞥了她一眼，嘟起嘴道：「他的表情可凶了呢，我大哥可從來沒有這麼凶過我，他還說我不像話。」

焦嬌有些不自在地動了動，臉上悄悄爬起了紅暈。

「不過婚姻這種事情講究一個兩相情願，我大哥喜歡妳，那是他自己的事。」施伐柯坐直了身子，一臉認真地看著她，「妳若喜歡我大哥，那便應了這樁婚事，皆大歡喜，妳若不喜歡我大哥，我這就替妳去回絕了他。」頓了頓，她又齜了齜牙，笑道：「畢竟這事兒是妳先向我托的媒，肯定得以妳的意願為主。」一副很公事公辦的樣子了。

焦嬌一下子有些無措起來，她默默坐了一陣，臉上的表情漸漸變得堅定起來，似乎做了某種決定。

「如何？」施伐柯問。

「好，就施大哥了。」焦嬌咬了咬牙，發狠一般道，「他敢娶，我就敢嫁！」

「甚好甚好。」施伐柯拍拍手，對門口站著的人道，「放心了？」

焦嬌一僵，慢慢扭過頭看向門口的方向，便看到了一個高大的男人正站在那裡，咧著嘴對她笑。

焦嬌下意識也揚起了一個笑容，結果眼淚卻先落了下來。

她想，她真是踩了狗屎運了。

施大哥和焦嬌的婚事雷厲風行地定了下來，在段家阿勺又一次被慫恿著叫他繼母滾的時候，焦嬌收拾了自己行李，俐落地滾出了段家。阿勺卻是呆住了，他似乎沒有想到他一直叫囂著讓她滾卻一直不肯滾的那個女人，竟然就真的願意滾了。

焦嬌什麼也沒帶，眾目睽睽之下，只拎了自己的東西出門。

饒是這樣，她還是被攔下了。那個據說是阿勺舅舅的男人揚言要搜身，以防她偷走了段家的財物，彷彿那些財物都是他的一般，全然忘了他也不姓段。

焦嬌什麼脾氣，你敬她一尺，她敬你一丈，你欺她一毫，那她能拔光你的毛！

於是她乾脆不走了，扭頭衝到廚房拎了一把寒光閃閃的菜刀出來，冷笑著說，「走，咱們上公堂問問縣太爺，你一個外姓人哪來的臉管他段家的事兒，我是段家明媒正娶回來的妻子，老老實實為他守了三年，如今這段家的財產我要帶走一半！」

「簡直是笑話，誰不知道你當初是段老爺花了一百兩銀子買回來的，如今不守婦道要改嫁不說，還敢肖想帶走段家一半的家產，簡直白日做夢！」阿勺舅舅一面謹慎地後退了一步，以免她突然拿刀來砍他，一面繼續叫囂。

焦嬌卻不理他，當真拎著菜刀上了公堂，拿出了一張段老爺親手寫的字據，字據上寫著，若他先去了，焦嬌為他守滿三年，可許她一半家產。

眾人譁然。

有字據為證，縣太爺作主，焦嬌光明正大地拿了段家一半的家財，轉頭就嫁給了施家老大。

焦嬌無家可歸，也不圖什麼良辰吉日，她就抱著包袱細軟坐在衙門裡頭，等施大哥聽了消息來尋她，她就站起身看著他道：「我從段家搬出來了，沒地方去了，能跟你回家嗎？」

於是，施家又有喜事了。

施大哥的婚事雖然辦得倉促，但該有的，施大哥一樣也沒委屈焦嬌。

施大哥和焦嬌的婚事很快成了銅鑼鎮新晉的八卦題材，有人說焦嬌命好，段老爺給她留了一半家產不說，二婚還能嫁個如意郎君，可謂人財兩得；也有人說施家大郎得了漂亮嬌媚的媳婦，又得了段家一半家財，那才是人財兩得呢。酸溜溜的難聽話當然也有，但不管外人如何中傷，日子嘛自己開心就好。

總之，焦嬌現在就挺開心的。糟心的娘家人自從她嫁進施家之後再不敢來煩她了，她弟弟倒是試圖堵過她一回，結果被施大哥報以一頓老拳，自此之後見到她都是退避三舍的。

為此，施大哥還曾惴惴不安地問了一句，「我是不是下手太重了？」畢竟，也是小舅子呢。

焦嬌的回答是在他臉上響亮地「吧唧」一口，眼睛亮閃閃的，「幹得好！」

施伐柯忙完了大哥的婚事，得了一個大大的媒婆紅包，這樁婚事的成功帶給了施伐柯極大的成就感，而且那廂周小姐和李秀才的婚事也定了下來，婚期就定在來年三月，因此施伐柯最近簡直走路都帶風。

算算時間，今日陸二哥該是休沐，富得流油的施伐柯便興沖沖帶著大嫂釀的酒、三嫂讓廚娘做的美味佳餚，去了柳葉巷。

陸二哥一個人孤身在外，她還是要替陸伯母稍稍關懷一下的。

畢竟她可是吃了陸伯母送來的臘肉，吃人家的嘴軟嘛，那臘肉可真好吃啊……咳，話題扯遠了，想起上回陸二哥走的時候彷彿情緒不高的樣子，施伐柯打算待見了他之後再好好勸慰他一番，他的婚事也只是一時困難而已，娘子總會有的嘛。

施伐柯琢磨了一路該怎麼安慰陸二哥，結果卻撲了空。

大門緊鎖，陸池不在家。

施伐柯看了看緊鎖的大門，又看了看手裡拎著的酒菜，糾結了一陣，轉身去了學堂。

朱禮一下學就看到了拎著酒菜站在門口的施伐柯，他條件反射就想往回躲。

「克己！朱三少！」施伐柯明明都看到朱禮了，結果這傢伙竟然一副沒看到她的樣子，趕緊喊住了他。

聽到那一聲「朱三少」，朱禮一個激靈，趕緊訕笑著退了回來，迅速地一路小跑到施伐柯面前，討好地叫了一聲，「施姐姐。」

「怎麼看到我就跑？」施伐柯挑眉問。

「哪能呢……我這不是沒看到嘛，最近練字練得眼花，施姐姐妳擔待啊。」朱禮討饒地笑，還滑稽地拱了拱手。

施伐柯放過了他，問，「你先生呢？」

「先生他……」朱禮眼珠子轉了轉。

「今日他不是休沐嘛，我剛從柳葉巷過來，他不在家。」施伐柯見他一副要扯謊的樣子，便直截了當地道。

朱禮一下子老實了，「先生告假了。」他說著，撓撓腦袋又補充了一句，「已經有好幾日不曾來學堂了。」

「告假？」施伐柯一愣，隨即有些擔心地問：「可是有什麼事情？」

朱禮眼神閃躲了一下，表情有些不大自然起來，支支吾吾地道：「先生……先生說是要去一趟府城。」

「府城？他去府城做什麼？」施伐柯眉頭一蹙，總覺得朱禮的表情透著一副欲蓋彌彰、作賊心虛的感覺，又追問道：「怎麼了？莫不是有什麼事瞞著我？」

朱禮猶豫再三，終於還是下定了決心，將施伐柯拉到了一旁，小小聲道：「施姐姐，這事兒我告訴妳可千萬別生氣……」

「到底是什麼事？」施伐柯見他這神秘兮兮的樣子，心裡有些打鼓，催促道。

「先生去府城……好像是為了風月樓裡一個叫雲歌的姑娘……」朱禮一邊說一邊小心翼翼地觀察著施伐柯的臉色。

「風月樓？」施伐柯眨了眨眼睛，沒聽明白這是個什麼地方，為何朱禮一副鬼鬼祟祟的樣子。

「……就是府城最大的青樓。」

施伐柯一下子瞪大了眼睛，隨即臉黑了下來。

「施姐姐妳別生氣……許是沒什麼的……」朱禮忙道，只是這話卻絲毫沒有說服力，還透著點火上澆油的味道。

「我不生氣，我為何要生氣？」施伐柯磨著牙道。

不……施姐姐妳掏出鏡子看看自己的臉色啊！妳的臉色很嚇人啊！

「這酒菜送給你了，你拿去給你們學堂裡的先生吃吧。」施伐柯把手裡拎著的酒菜往朱禮懷裡一塞，轉身走了。

朱禮一手酒一手菜，看著施伐柯大步離去的背影，內心糾結不已，先生若是知道他跟施姐姐告密，一定不會饒了他的，可是……他內心也很煎熬啊！

仔細想想，還是寧可得罪先生，也不能眼睜睜看著先生步入歧途啊！先生去府城的事情是他主動跟自己講的，臨行前還留了一堆課業給他，說是要去府城風月樓探望一個故人。

呸，風月樓裡能有什麼故人？只有姑娘！

他後來悄悄留意過，先生竟然跟別人打聽府城裡有沒有一個叫雲歌的姑娘……先生果然學壞了！他可不能眼睜睜看著先生步入歧途，希望施姐姐能夠拉先生一把，讓他迷途知返，他為了先生也真是操碎了心！

施伐柯不知道朱禮還對她寄予了如此厚望，她到家的時候，焦嬌和賀可甜正在下棋，看到施伐柯回來，兩人面色均是一變，趕緊手忙腳亂地將棋盤和棋子收了起來。

「阿柯回來啦。」兩位嫂嫂趕緊端起笑臉，頗有些不自然地招呼道。

施伐柯自然不可能沒看到她們藏棋的小動作……大嫂妳坐在屁股下面的棋盤都沒有藏嚴實呢。不過她今日著實沒有心情同她們鬧，便假裝沒看到一般，沖她們點點頭，「嗯，大嫂、三嫂，我先回房了。」說完，便走了。

焦嬌和賀可甜面面相覷。

「阿柯怎麼了？看起來好像不太開心的樣子……」焦嬌道，頗有些憂心的樣子。

「嗯，她之前彷彿說要去柳葉巷探望陸秀才來著。」賀可甜隨口道，心裡卻是亮堂堂的，看來阿柯不開心是因為陸池啊。這事兒，她要不要通知一聲自家蠢哥哥呢？似乎是個好機會……可是乘虛而入似乎有點不道德呢。

然後，當天下午，賀可甜就回娘家去了。

第二日天氣不錯，賀可甜約了妯娌和小姑子去金滿樓看首飾。

施伐柯是被強行拖出來的，一路上心事重重，到了金滿樓才稍稍提起了些精神，女人嘛……就沒有不愛首飾的。

「這個簪子不錯。」

「這個、這個、這個、這個都包起來。」賀可甜財大氣粗地道。

「……三嫂妳長了幾個腦袋要買這麼多簪子。」施伐柯忍不住吐槽。

「娘一個、妳一個、大嫂一個，我自己留一個，這不正好四個嘛。」賀可甜笑嘻嘻地道。

「我也有份啊！」焦嬌一臉驚訝。

「那是，我們是一家人嘛。」

施伐柯忍不住笑了起來，賀可甜特別喜歡營造這種一家人的氣氛……但一家子戴一樣的首飾是不是有點太誇張了。

正笑著，忽然看到外頭走進來一個人。

「誒？大哥你怎麼來了？」賀可甜順著施伐柯的目光看過去，一臉驚訝地道。

嗯，驚訝得十分逼真，彷彿他們真是偶遇一般。

賀可鹹笑了笑，「娘的生辰快到了，我來給她挑件首飾。」

娘的生辰早就過去了好嘛……這個不孝子。

賀可甜默默吐了個槽，然後又笑了起來，一臉嫌棄地道，「你眼光不行，去年給娘送了個金鐲子，重得娘手都抬不起來，還挨了爹好一頓罵呢。」

「……那是實心實意。」賀可鹹一下子紅了耳朵，瞪了自家妹妹一眼，希望她適可而止，在阿柯面前給他留點面子好嘛！她當真是來幫忙不是來拆臺的嗎？該不是還在記恨他反對她婚事的事情吧！賀可鹹忍不住陰謀論了。

「哎呀，我忽然想起來家裡灶上還燉著肉呢！」賀可甜忽然驚呼一聲，「大嫂妳快隨我回去瞧瞧，阿柯，我們買的首飾還沒有包好，妳且留下等一等，順便幫我哥挑件首飾啊，他眼光真的不行的！」好嘛，最後還要吐槽她哥一句。

「不是有廚娘嗎？」施伐柯一臉問號。

「廚娘今日告假了。」賀可甜說著，火燒屁股一樣拉著焦嬌跑了，只剩施伐柯和賀可鹹面面相覷。

「三嫂看起來有點奇怪啊……」施伐柯忍不住道。

「咳，她總是毛毛躁躁的，嫁了人也沒點長進。」賀可鹹點評。

已經走到門外的賀可甜翻了個白眼，她都已經使出吃奶的力氣幫忙了，竟然還敢背後損她，真過分。

「弟妹，家裡灶上的肉……不急了？」一旁，焦嬌見賀可甜一路火燒火燎地出了門，結果一出門腳下就慢了下來，還有什麼不明白，調笑道。

賀可甜一下子回過神，對上焦嬌揶揄的眼神，頗有些不自在地攏了攏鬢髮，乾笑兩聲，「前面還有一家首飾鋪子，我們去看看？」

金滿樓裡，施伐柯和賀可鹹面面相覷，看著看著，施伐柯忽然想起了一樁事情，臉色突然就變了，她忿忿地瞪了他一眼，甩袖不再理他，自己去看首飾了。

賀可鹹被她瞪得一頭霧水，摸摸鼻子跟了上去，「怎麼了？我又哪裡惹妳了？可是因為之前我反對可甜和妳三哥的婚事？當時站在我的立場……」他話還沒有說完，施伐柯突然停下了腳步，轉身瞪向他。

「盛興酒樓是你開的？」她瞇著眼睛問。

賀可鹹心裡咯噔一響，立刻知道了癥結所在，「現在不是了……」

「是啊，現在是我三嫂的嫁妝了嘛。」施伐柯涼涼地道，懶得跟他兜圈子，直截了當地問，「為什麼授意那些夥計不許賣酒給我？你就這麼討厭我？」

「不是……」賀可鹹張口想解釋，對上施伐柯忿忿的視線，卻是忽然改變了主意。

「怎麼了？沒話講了？」施伐柯見他似乎放棄了解釋，冷哼一聲，道。

「還記得妳第一次喝酒嗎？」賀可鹹忽然問。

「當然記得。」提起這件事，施伐柯就一副興致勃勃的樣子，連生氣都忘記了，「那時候我和你還有可甜……哦那時候她還不是我三嫂，就叫她可甜吧。我們一起玩捉迷藏，可甜想躲到床底下，結果發現了我爹藏在那裡的酒！我爹一直告訴我那酒又苦又澀很難喝，可是可甜說我爹是在騙我，如果不好喝，我爹為什麼要藏著呢！結果我一試……果然非常好喝啊！」

施伐柯眼睛亮亮的，「可甜沒有騙我，那酒真是太好喝了，我到現在都還記得它的味道呢，如果不是因為可甜，我竟然不知道酒會這麼好喝！」一副十分感謝賀可甜的樣子呢。

不，她當時只是不懷好意地想看妳的笑話而已，因為她自己第一次偷偷喝酒就被辣哭了呢……賀可鹹抽了抽嘴角，「那妳記得後來發生了什麼嗎？」

「後來？」施伐柯眨了眨眼睛，有點不明白的樣子。

「就是妳喝了酒之後。」賀可鹹提醒她。

「後來我就睡著了啊。」施伐柯想了想，「我醒過來的時候已經是第二天了，當時還被我娘狠狠抽一頓呢。」

「抽得好。」賀可鹹點點頭，毫不同情地道。

施伐柯一下子瞪圓了眼睛，「你是想吵架嗎？」不給點同情就算了，竟然還幸災樂禍地嘲笑她，簡直不可饒恕！

「如果那日我和可甜離開之後，我沒有折返回去的話，妳當時大概便已經醉死了，哪來的命活到現在，難道不該抽妳嘛？」賀可鹹面無表情地道。

如此熊孩子，就該往死裡抽。

「什麼？」施伐柯一愣。

「那日，我和可甜歸家走到一半的時候，我不放心妳便折返了回去，結果看到妳抱著酒罈子在喝酒，如果當時妳一個人喝完了那一整罈酒，妳覺得妳還有命在？」

施伐柯瞪大了眼睛，還有這一出？

「我不知道……」她訥訥地道。難怪每次她喝酒爹娘都那麼大反應。

「妳不知道的事情多了。」賀可鹹面無表情地看著她，「那妳知道妳那日喝醉了酒之後輕薄了我嗎？」

「什……什麼？」施伐柯差點被自己的口水淹死。

「我搶走了妳手裡的酒端子之後，妳把我按在床上，一臉誠懇地對我說，小哥哥你長得真漂亮啊，讓我摸摸……」賀可鹹話說到一半，一隻柔軟的小手堵上了他的嘴。

施伐柯一下子漲紅了臉，左右看看，作賊似地將他拉到一旁無人注意的地方，壓低了聲音道：「怎麼可能，我當時才幾歲有多大力氣能……能把你壓床上……」

「嗯，我試圖將妳扯下來，但妳手腳並用，整個掛在我身上，根本扯不開。」賀可鹹木著臉道。

「你沒有好好勸勸我嗎？」施伐柯紅著臉咬牙道。

「嗯勸了，我說男女授受不親，妳爬到我身上像個什麼樣子？快些下來吧！」

「然後……我就下來了？」施伐柯小心翼翼，一臉希冀地問。

啊啊啊拜託快下來吧！不然她這個當事人就要羞愧而亡了！太羞恥了！

「怎麼可能。」賀可鹹涼涼地瞥了她一眼，打碎了她美好的幻想，「妳非但沒有自動自覺地爬下來，還手腳並用，纏得更緊了一些，並且擲地有聲地告訴我，我·不·放。」

「……」施伐柯非常後悔今日出門，她出門前應該好好查查黃曆的，她現在只想有個地洞出現在她面前，好讓她鑽進去。

「當時，我問妳，妳到底想怎麼樣。」賀可鹹垂下眸子，一邊欣賞著她無地自容、抓耳撓腮的樣子，一邊慢悠悠地道。

「……我怎麼講？」是啊，她也想知道當時的她到底是想怎麼樣啊！

「妳說，我爹說，看中了的美人就要眼疾手快地抱回家，不然就變成別人的媳婦了。」賀可鹹用平板的聲音說著十分羞恥的話題，「然後妳說，美人，我很中意你，跟我回家吧。」

「……」讓她死吧。

「妳還說，男女授受不親這種事不需要擔心的，既然我壞了你的名節，便自然會娶你過門。」

「……」施伐柯已是羞憤欲死了。

「我很生氣，很認真地告訴妳，要娶也是我娶妳，妳只能嫁給我。」賀可鹹看著她，緩緩開口。

施伐柯下意識後退一步，忽然覺得有點不太妙。

「妳說。」賀可鹹翹了翹唇角，「好啊。」

施伐柯瞪大了眼睛，一副受驚的表情。

賀可鹹笑了起來，眼角眉梢都是笑意，「現在妳告訴我，我不賣酒給妳，做錯了嗎？」

「沒錯，你是對的！」施伐柯趕緊嚴肅地表態，斬釘截鐵地道，「太對了！」

賀可鹹笑得前仰後合，早知道她的反應這麼好玩，他一早就應該把這件事告訴她，何必把這件事憋在心裡這麼久……男人嘛，果然還是臉皮厚點好。

一旁的櫃檯後面，金滿樓的掌櫃沈青一直在偷偷關注著某一個角落。

唔，賀家那小子拉著施家小姑娘聊得有點過於久了啊……而且彷彿很開心的樣子呢。

他們在聊什麼？嘖嘖，賀家小子笑得那麼開心，施家小姑娘臉都被逗紅了啊！情況不太妙啊。

沈青撚了撚小鬍子，假裝不經意地慢慢靠近了那個角落……正打算找個理由上前打擾一下的時候，忽然聽到施家小姑娘問了賀家小子一個問題。

「賀大哥，你認識雲歌嗎？」施伐柯迫不及待地想換個話題，然後冷不丁地，她就想起了朱禮的話，陸池去府城，是為了風月樓裡一個叫雲歌的姑娘。

賀可鹹愣了愣，因為沒有想到施伐柯會問起一個青樓的妓子，所以一下子沒想明白，「哪個雲歌？」

「府城有個風月樓……你知道嗎？」施伐柯試探著問。

賀可鹹當然知道，他是個商人，自然需要應酬，風月樓也是去過的，但他可是潔身自好得很，從來不碰那些姑娘的。不過……施伐柯一個小姑娘怎麼會提起風月樓，還能知道雲歌？

「妳怎麼忽然問起這個？誰同妳講的？」賀可鹹蹙了蹙眉。

「唔……就是好奇嘛，賀大哥你知不知道？」施伐柯眼神閃了閃，又問了一句。

賀可鹹默默地看了她一陣，不知道為何，忽然想起了那日她為了那個臭書生掉眼淚，哭得上氣不接下氣的模樣，她還和那個臭書生放紙鳶！想想便覺得生氣，不過……那個臭書生最近似乎是告假去了府城？

賀可鹹忽然靈光一閃，他瞇了瞇眼睛，道：「雲歌是風月樓的花魁，府城的公子哥沒人不知道她，我之前去府城談生意，曾聽人提起過一耳朵，說她美貌不似人間有，歌聲更勝天外音……」說到這裡，便見施伐柯緊緊抿起唇，眸中有怒色閃動，賀可鹹便知他猜對了。

果然是因為那個臭書生。

「聽聞這位雲歌姑娘不僅才貌雙全，而且十分清高孤傲，曾經有位公子為她一擲千金，都沒能換來雲歌一笑……因此這位雲歌姑娘也頗受讀書人追捧，坊間有很多關於她的詩畫流傳。」賀可鹹又微笑著補了一刀。

果然，施伐柯的臉色越發的難看了。

一旁偷聽的沈青聽到這裡，暗罵這小子太壞了。陸池去府城的事情他也知道，因為陸池臨行前曾來見過他一面，想起這個沈青便有些灰心，陸池那次來……又是因為他的妻女，他怎麼也沒有料到七娘心那麼大，竟然肖想著把桐雲嫁給陸池。

說她不聰明吧，也能哄騙了他這麼多年滴水不漏；說她聰明吧，她明明知道陸家父子在她幹了那麼多事情之後有多厭惡她……她竟然還打著要把女兒嫁進陸家的算盤……簡直不知所謂到了極點。

沈青搖搖頭，將積壓在心裡沉甸甸的鬱氣歸攏到一旁，關於雲歌的事情陸池也同他提起過，但是怎麼會漏到施家小姑娘的耳朵裡去……如今再被賀家小子這麼添油加醋一番，可不得了。

他招了招手，一旁伶俐的小夥計立刻靠了過來，附耳上前。沈青在他耳邊如此這般吩咐了幾句，小夥計點點頭隱諱地往那個角落裡掃了一眼，趕緊去了。

這廂，賀可鹹正打算再添油加醋幾句呢，忽然一個小夥計笑容可掬地跑了過來。

「施姑娘。」小夥計一臉的笑，「您的首飾裝好了。」

施伐柯點點頭，也沒心情幫著賀可鹹挑首飾了，伸手接過首飾盒子，「賀大哥，那我先回去了。」

賀可鹹瞇了瞇眼睛，看向那來得分外及時的小夥計。

小夥計笑容可掬。一切為了二少爺！

第十二章　壓寨夫人

施伐柯氣呼呼地回了家，一屁股坐在院子裡，越想越生氣，甚至都沒有發現號稱要提前回家的兩位嫂嫂都沒有回來，當然，灶上也沒有燉著肉，廚娘也沒有告假。

賀可甜和焦嬌滿載而歸的時候，被杵在院子裡思考人生的施伐柯嚇了一跳。

「阿……阿柯？妳怎麼這麼早回來了？」賀可甜結結巴巴地問。沒用的蠢哥哥，枉她費了那麼大勁兒把阿柯哄出去，竟然這麼快就讓她回來了！

「妳們怎麼才回來？」施伐柯這才察覺不對，不答反問。

「咳……我們走了一半路才想起來今天家中好像沒有燉肉，是我記岔了。」賀可甜抽了抽嘴角，有些困難地自圓其說，心裡再次把蠢哥哥罵了一遍，然後擠了個笑臉道：「阿柯妳來看看，我們還給妳挑了塊布呢，顏色可好看了，回頭正好可以給妳做件秋裳。」十分自然地將話題扯開了，看得焦嬌歎為觀止。

施伐柯因為不知道自家三嫂打著替她哥哥牽線搭橋的主意，因此也沒有往別處多想，就這麼被兩個嫂嫂拉去盤點她們的戰利品了。

這天夜裡，施伐柯在床上輾轉反側，無法入眠，朱禮和賀可鹹的話一直在她腦海裡打轉，越想越煩躁，那個人是自暴自棄了嗎？秋闈近在眼前，他竟然學人家流連青樓，還迷戀上了青樓花魁，他到底在想什麼！

這樣想著想著，迷迷糊糊似乎是睡著了。

然後，她做了一個夢，夢到陸池終於成親了。正是洞房花燭夜，大紅的喜燭靜靜地燃燒著，火苗不時跳動一下，映襯得新郎官那張如玉的容顏越發美得不可方物。

他目光繾綣，那隻勻稱又修長的手拿起秤桿，輕輕挑開了新娘的紅蓋頭。

「阿柯……」他輕聲呢喃。

施伐柯猛地睜開眼睛，臉上緋紅一片，外頭已是天光大白，她愣怔了許久，才猛地捂住臉，天啊！她這是做了什麼夢？她竟然夢到自己嫁給了陸池！她是瘋了嗎？

這時，外頭有人敲門。

「阿柯，打馬吊嗎？今天娘在家呢，三缺一。」門外，焦嬌笑嘻嘻地道。

今日陶氏休息，難得人齊，焦嬌眼睛一亮，便提議打馬吊，她已經手癢許久了。因為三缺一，焦嬌自告奮勇地來叫小姑子一起參與，於是，施伐柯被抓了壯丁。

打馬吊，焦嬌是箇中翹楚，陶氏也是會的，只有在閨中向來以淑女自居的賀可甜，以及以做媒為畢生愛好的施伐柯不太會，但一個為了討婆母歡心，表示願意學，另一個便也只得勉為其難地上了。

結果，施伐柯這個不情不願被拉了壯丁又號稱完全不會打馬吊的人手氣驚人的好，不一會兒便贏了一堆錢，簡直是財源滾滾、勢不可擋。

「看來阿柯這是把在圍棋上的天賦都補在打馬吊上了啊。」賀可甜忍不住半是感歎半是取笑地道。

施伐柯輕哼一聲，下手毫不手軟。

「阿柯，妳其實是在扮豬吃老虎吧！」一開始自詡是箇中翹楚的焦嬌又輸了一把錢，哀嚎出聲。

施伐柯齜牙一笑，繼續大殺四方，就連陶氏都有點吃不消自家閨女這一往無前的勁兒了。

就在眾人被施伐柯打得毫無還手之力時，外頭忽然有人敲門。

賀可甜精神一振，「阿柯，外頭好像有人敲門。」

「嗯。」沉迷於打馬吊已深得其中趣味的施伐柯隨口應了一聲，絲毫沒有要離開座位的意思。

「來來來，這把我幫妳打，妳去看看外頭是誰敲門。」焦嬌忙不迭地上前，擠開了小姑子。

施伐柯莫名被擠開了，再看看那婆媳三人已經玩上了，旁若無人十分投入的樣子，誰也沒有瞧她一眼。

三個人怎麼打？不是說三缺一才拉了她來湊數的嘛……所以，現在她這是被排擠了？因為她手氣太好？被排擠了的施伐柯撇著嘴去開門了。

見施伐柯終於走了，賀可甜拍拍胸口，吁了口氣，給大嫂投去了讚賞的一眼，「還是大嫂機靈，再和阿柯打下去，我簡直要把嫁妝都輸光了……」

陶氏點點頭，亦是心有餘悸。她閨女手氣真是太好了！她也快把這個月的俸祿輸沒了呢！這陸秀才來得很及時啊。

於是，陸秀才在自己完全不知道的情況下，莫名其妙討得了未來岳母大人的歡心。

施伐柯撇著嘴打開門，在看到外頭站著的人時，心裡驀然一跳，條件反射就把門給甩上了。

「……」剛上前一步，揚起笑臉準備打招呼的陸池猝不及防被甩了一臉灰，摸了摸差點被撞塌的鼻子，陸池又上前敲了敲門。

門沒動靜，但陸池知道施伐柯肯定就站在門後面。

「阿柯，開開門，我都從門縫裡看到妳了。」陸池又敲了敲門。

施伐柯差點被氣樂了，猛地把門拉開，原以為會看到陸池猥瑣地趴在門上從門縫裡往裡張望的樣子，結果對方玉樹臨風一般，很有風度地站在外頭，一點都不猥瑣不說，還相當的風度翩翩。

陸池一看她又要甩門，眼明手快地上前一步，撐住了門。施伐柯一時不防，便被他貼了上來，那姿勢彷彿被他圈在懷裡似的，她猛地後退一步，一下子想起了昨天夜裡那個荒謬至極的夢，想起了他在她耳邊呢喃著「阿柯……」時的樣子，一下子面如桃花。

「你你你……你突然湊這麼近做什麼？」施伐柯大聲道。

「我怕妳又甩門。」陸池很是無辜地道。

施伐柯一滯，隨即哼了一聲，「你來我家有什麼事嗎？」

這怒氣沖天的架勢……陸池再愚鈍也看出不對了，何況陸池並不是一個愚鈍的人，但是上一回見面還十分友好啊，究竟是哪裡出了問題呢？

陸池小心翼翼地看了她一眼，試探著道：「阿柯，妳在生氣嗎？可是氣我前幾日不告而別去了府城？」

此時的陸池還不知道他的學生朱禮和情敵賀可鹹不管有意還是無意，都默默先後在他背後捅了一刀，這一刀又一刀的，如今他已經成了一個走上了歧途的書生、流連青樓的紈褲。

「府城」二字，成功點燃了施伐柯的怒火，「你去了府城？」

見她面色不善，陸池有些摸不著頭腦，但還是頗為謹慎地道：「是的，受一個友人所托，去府城辦一件事情，本以為很快就回來的，結果發生了一些意料之外的事情，這才耽擱了幾天。」

「發生了一些意料之外的事情？」施伐柯又問。

「嗯。」陸池點點頭。

「什麼事情？是因為那位美貌不似人間有，歌聲更勝天外音的雲歌姑娘嗎？」施伐柯冷著臉道。賀可鹹說那位雲歌姑娘頗受讀書人的追捧，坊間還有許多關於她的詩畫流傳，一想起陸池替那位雲歌姑娘寫詩作畫的模樣，施伐柯就忍不住火冒三丈。

「妳怎麼知道雲歌？」陸池面色一變。

見他反應竟然如此之大，施伐柯更氣了，「若要人不知，除非己莫為！」

陸池看了她一眼，忽然意識到什麼，竟然笑了起來，「妳不高興？」

見他竟然還敢笑，一副春風滿面的樣子，施伐柯更不高興了，她重重地道：「是的，我不高興！」為了強調她不高興，她特意加重了語調。

陸池卻是一瞬間有了心花怒放的感覺，她這是在吃醋吧。既然會吃醋，那是不是表明……

對上他莫名其妙的笑臉，不知怎地施伐柯一下子想起了昨天夜裡那個不可言說的夢，心下一慌，立刻道：「你這樣敗壞名聲以後娶不到好媳婦的！」陸池的心花一下子全蔫了。

施伐柯沉默了一瞬，開口道：「前幾日褚逸之來找過我。」

「他找妳做什麼？」陸池心中陡然一緊，那個褚逸之他是認得的，他初到銅鑼鎮時見過的那個新郎官，明明都已經成親了卻總還一副對阿柯念念不忘的模樣，很是討人嫌的一個人。

「他來跟我道別，說要去省城提前為秋闈作準備。」施伐柯看了他一眼，「秋闈近在眼前，你好自為之。」

陸池愣了一下，他什麼時候說要去參加秋闈了？隨即立刻反應過來……他初到銅鑼鎮那日，曾信口胡扯說自己是出門遊學，途經銅鑼鎮見這裡人傑地靈所以想住上一段時日，最多秋闈之前就會離開……所以，她這是誤會了他會去參加秋闈？

見陸池只是沉默，施伐柯心下莫名湧上了一層委屈，她咬了咬唇，「我正忙著打馬吊，娘和嫂嫂們都等著呢，你回去吧！」

陸池回過神，心裡有些不舍，他風塵僕僕剛從府城回來就趕來了施家，因為實在太想見到阿柯了，之前回飛瓊寨時間太久，這次回來也只匆匆見了她兩面，便又趕去了府城，很是體會了一番一日三秋的感覺。只是此時看她一副很不耐煩的樣子，到底還是走了。

施伐柯攆走了陸池，轉身回去繼續打馬吊。結果走回去一看，竟然一個人都不在，娘和嫂嫂們這是趁她不在都溜了嗎？她果然是被排擠了吧！

這天夜裡，因為怕做什麼奇怪的夢，施伐柯強撐著不敢合眼，到了後半夜才將將睡著。第二日起床的時候，已是日上三竿。

去廚房找吃食的時候，看到兩個嫂嫂正在和廚娘在搗鼓新點心，她們一邊忙碌一邊似乎在聊什麼，施伐柯正準備上前試試她們的新點心，忽然聽到一句「陸秀才昏頭了……」，她一下子停下了腳步。

「陸秀才昏頭了吧……這馬上都秋闈了，他半點不著急的，竟然還迷上了青樓妓子。」這是廚娘不可思議的聲音。

「他才沒昏頭，那可不是普通的妓子，那是府城風月樓的花魁。」賀可甜接了一句，很是感歎地道：「多少才子巨賈捧著金子銀子想哄她開心呢，她眼睛都不眨一下的，偏偏只對陸秀才另眼相待，不知道多少人眼紅嫉妒那陸秀才呢。」

說是這麼說，話中卻隱隱透著不屑，似乎是在為曾經眼睛糊了雞屎的那個自己扼腕。

「可是再怎麼喜歡，那也是個玩意兒啊。陸秀才倒好，竟然眼巴巴地給她贖了身，還帶回柳葉巷……那花魁身價可不便宜，看不出來那陸秀才挺有錢。」焦嬌不滿地哼了一聲，「男人都不是好東西，我們家纖纖例外。」

「我相公也是個好的。」賀可甜不甘示弱地撇清了自家相公。

「不過……那陸秀才長得倒是忒好看，我原來還以為他是個好的呢，原來真的是人不可貌相啊。」焦嬌感歎，上回踏青，她可是見過那位陸秀才的，當真是俊俏得很，且當時小姑子可是為了那陸秀才哭慘了呢，說他們之間沒有曖昧誰信？反正焦嬌是不信的。

剛這麼一想，一回頭便看到了站在窗戶外頭的施伐柯，不由得嚇了一跳。

「阿柯，妳起來啦。」焦嬌訕訕地笑，又在心中猜測她到底聽了多少去。

「妳們在聊什麼？」施伐柯眨了眨眼睛，若無其事地走進了廚房。

「也沒什麼……」焦嬌支支吾吾。

「說是柳葉巷的陸秀才迷戀上了府城風月樓裡的花魁，還給她贖了身呢。」賀可甜眼睛閃了閃，道。

「弟妹，這些骯髒事兒說給阿柯聽做什麼，沒得汙了她的耳朵。」焦嬌有些惱，她知道這位弟妹熱衷於把阿柯和她娘家兄長湊成一對，可是這事兒不能這麼辦。

「這事兒不是早就鬧得人盡皆知了嘛，阿柯早晚會知道的啊。」賀可甜眨巴了一下眼睛，很是無辜地道。

「現在有新鮮點心吃嗎？我餓了。」施伐柯打斷了她們，摸著肚子問。

一旁的廚娘忙端了一碟子新做的點心來，是豆沙卷，個個都有小兒拳頭那麼大，熱騰騰的還冒著煙，看著十分可口的樣子。

施伐柯一連吃了八個，看得賀可甜和焦嬌心驚膽顫，這可別吃壞了！好在吃到第九個的時候，她終於停了下來。

「吃撐了，我去散散步。」說著，施伐柯扶牆而出。

廚房裡，賀可甜和焦嬌面面相覷。

「妳說，要不要告訴阿柯那個陸秀才早上來找過她？」半晌，焦嬌有些猶疑地道。

「不必，那等人品，以後都不必讓他再見阿柯了，沒得壞了阿柯的名聲。」賀可甜小手一揮，很有決斷地道。

焦嬌看著賀可甜的目光便變得有些意味深長起來，賀可甜有些不自在地輕咳一聲，「我承認我有私心，可是妳也得承認陸秀才不是良配不是？」焦嬌一想也是，便不再說什麼了。

外頭，施伐柯扶牆慢慢地走，胃裡沉甸甸的，心裡也沉甸甸的。

所以，陸池不但迷戀上府城風月樓裡的花魁，還替她贖身帶回了柳葉巷，可是他昨日來找她的時候，卻是一個字都沒說。

事實上，陸池也不知道究竟發生了什麼事情，他才剛把雲歌帶回來，第二日就傳得恨不得整個銅鑼鎮都知道了，到底是哪個缺德的傢伙在背後使壞？

他聽到這個風聲時，第一個念頭就是他得跟阿柯去解釋一下，結果吃了閉門羹，根本連施家的院門都沒能進得去。

正發愁的時候，一個美貌的女子嫋嫋婷婷地走了出來。

「我給你添麻煩了嗎？」她站在門口，看著他問。她的聲音很好聽。

「不要緊，等長橋過來就好了，妳好好休息不要多想，回頭還要趕路呢。」陸池放緩了神色安撫道，然後又叮囑她，「長橋來之前妳輕易不要露面了，現在銅鑼鎮關於妳的事情傳得沸沸揚揚，我擔心有人從中作梗。」

那女子聞言點點頭，嫣然一笑，「好。」

下午的時候，有一個戴著斗笠的女子敲響了施家的大門。

來開門的是焦嬌，她和賀可甜輪流守著大門，防賊似的防著陸秀才再來登門，聽到敲門聲，焦嬌謹慎地打開大門一看，一個戴著斗笠的女人？

「妳是誰？」焦嬌疑惑地問。

「請問是做媒的施家嗎？」斗笠下面傳出一個清甜又溫婉的聲音。

從焦嬌的角度可以看到她尖尖的下頜，她的戒心一下子便放下了，畢竟陸秀才再能，也不可能變成個女人，「是，妳找誰？」

「我找施伐柯，托媒。」那女子似乎是笑了一下，道。

焦嬌聽說她是要托媒，也不曾多想，便將人請了進來，心想小姑子若是有點事情做，想必心情會好一些，雖然小姑子看起來彷彿很正常，可是她早餐乾嚼了八個小兒拳頭那麼大的豆沙卷，中午又吃掉了三大碗飯，讓人很擔心啊！

果然，施伐柯聽到有人來托媒，看起來精神多了。

「我能跟妳單獨聊聊嗎？」戴著斗笠的女人看到施伐柯的時候，輕聲道。

斗笠下傳出的聲音溫溫軟軟的，十分悅耳，施伐柯愣了愣，因為這聲音聽著竟然有點耳熟，彷彿是在哪裡聽過似的。

是在哪裡呢？施伐柯一時想不起來了。

「不可以嗎？」見施伐柯不答，那個戴著斗笠的女人又問。那聲音透著一絲失落，明明看不清她的臉，可是只聽聲音便讓人心中大為憐惜，彷彿拒絕了她就是罪大惡極似的。

施伐柯當然不會拒絕她，只當她是害羞，否則也不會戴著斗笠上門了，畢竟不是誰都像她大嫂和三嫂似的這般勇猛的。

於是她笑道：「當然可以，妳隨我到房間裡來坐吧。」

施伐柯將她帶進了自己的房間，請她坐下，然後轉身去替她倒了杯涼茶。待施伐柯回過頭準備將茶盞遞給她的時候，便見她已經取下了斗笠，施伐柯有一瞬間的失神，原來斗笠下竟藏著這麼一張風情萬種的臉。

那是一張極美的臉，施伐柯見過的美人不少，陸池也美，賀可鹹也美，若他們是男子不算的話，賀伯母和陸伯母也都是罕見的美貌……可是都與眼前這張臉不同。她不僅僅是美，還有一種令人無法用言語來形容的風情，一顰一笑，一舉一動，都透著一種說不出來的韻味。

她似乎已經習慣了旁人驚豔於她的美貌，因此對於施伐柯略顯無理的注視也不曾在意，只笑了笑道：「妳就是施伐柯，那個銅鑼鎮最有名的媒婆？」

「最有名的媒婆」這六個字讓施伐柯有些飄飄然，她嘿嘿嘿地笑了，「過獎過獎。」

原來她已經這麼有名了啊，然後又想，這聲音果然十分耳熟啊，這麼好聽的聲音她應該不會記錯才是……到底是在哪裡聽過的呢？

正想著，便聽她又道：「我想托妳做個媒。」

施伐柯點點頭，循例問道：「那妳是給誰做的媒，相中的又是哪一家啊？」

「是給我自己做的媒。」那女子大大方方地說著，頓了一下，又笑盈盈地看著施伐柯道，「說的嘛，是柳葉巷的陸秀才。」

「什、什麼？」施伐柯一下子坐直了身子，還將身體微微前傾，懷疑自己是否聽錯了。所以她現在不僅僅是做夢，還幻聽了嗎？這太可怕了！

「我說，我想請妳替我和陸秀才做媒。」那女子微微一笑，不厭其煩地又將話重複了一遍。

施伐柯愣了愣，原來她沒有聽錯，眼前這位姑娘當真是相中了陸池，「姑娘似乎不是銅鑼鎮人？不知道妳姓甚名誰，家住何方？」施伐柯收起了錯愕的表情，又問。

「這個問題必須回答嗎？」那女子揚了揚眉。

「我總要瞭解雙方的情況，才好上門說媒啊！」施伐柯有些奇怪地看了她一眼，心中陡然警惕起來，若連自己的身份來歷都解釋不清楚，她又怎麼好隨便上門說媒？

「我叫雲歌。」那女子輕笑一聲，並沒有要遮掩的意思，「或許妳聽說過我。」

雲歌……等一下，那個雲歌？施伐柯猛地瞪大眼睛，陸池從風月樓贖回來的那個花魁？

「妳是陸池從府城帶回來的……？」施伐柯有些遲疑地看著眼前這個活色生香的美人，咽下最後那個略顯冒犯的詞。

「對，是我。」雲歌點點頭，似乎完全沒有因為自己曾經的身份而有什麼不自在，她一邊把玩著手腕上的一個鐲子，一邊漫不經心地道：「聽陸秀才說妳是銅鑼鎮最有名的媒婆，所以我想請妳來做媒。」

施伐柯深深地吸了一口氣，簡直不敢相信這位讓陸池聲名掃地，鬧得滿城風雨的雲歌姑娘竟然就大剌剌跑到她面前來托媒了。

「陸池說要娶妳？」施伐柯看著她，問。

「不然我為何來找妳呢？」雲歌一臉驚訝的樣子，似乎施伐柯問了一個蠢問題，還是溫軟軟的聲音，彷彿沒什麼攻擊性的樣子，可卻著實可惡。

施伐柯點點頭，努力壓下心頭莫名湧上來的憤怒，端起了手邊的茶杯，面無表情地道，「抱歉，這個媒我是不會做的，妳請回吧。」

端茶送客。嗯，她如今也有了幾分大媒的風範……然而此時施伐柯卻半點高興不起來。

雲歌卻還是穩穩地坐著，半點也沒有要走的自覺，反而露出了一個有些驚訝的表情，「為何？陸秀才說妳答應了要替他做媒的，不是說他的婚事都包在妳身上嗎？」

施伐柯額角的青筋一跳，連這個都同她說了嗎？

「我是答應過陸池會替他做媒，可是現在他來請媒了嗎？」施伐柯咬了咬牙，道，「要我做媒也可以，讓他自己來請吧。」

「妳在不高興？為什麼？」雲歌彷彿才看到她不高興似的，一臉不解地看著她，「聽聞妳給陸秀才說了幾門親事都沒能成，如今總算是成了，妳為什麼不高興？」

高興？施伐柯簡直要氣死了好嘛！

雲歌看著她，忽然掩了掩唇，輕聲笑了起來，「因為我出身風月樓？」

施伐柯一愣，雲歌這樣坦蕩，她倒是有些不自在了。

「可是，要娶我的人是陸秀才，陸秀才都不介意我的過去……」雲歌微微一笑，姿態優雅地換了個坐姿，挑眉道：「妳又有什麼立場介意呢？」

施伐柯蹙了蹙眉。

「還是說……妳在嫉妒？」雲歌忽然看著她，慢悠悠地道。

施伐柯一愣，有些不可思議地看著她，「妳胡說什麼，我嫉妒妳什麼？」

「嫉妒我的美貌，嫉妒我的才情，嫉妒我討陸秀才喜歡。」雲歌垂眸撫了撫衣袖，慢條斯理地道。

施伐柯幾乎要被她逗樂了。

可是，她沒有笑。

「嫉妒……陸秀才喜歡我。」雲歌忽然抬眸看向她，把最後一句重新換了個說法。

施伐柯猛地瞪大了眼睛，像被踩了尾巴一樣跳了起來，「簡直胡說八道！」

「看，我說中了妳的心事。」雲歌卻是一副篤定的樣子，她嗤笑一聲，「想想吧，妳為何這樣生氣，為何這樣憤怒，妳不過是媒婆罷了。」

施伐柯一愣，是啊，她不過是個媒婆，陸池的婚事、陸池的人生……怎麼都輪不到她來置喙，他若真喜歡雲歌，她又有什麼立場反對呢？

不知為何，想到這裡，她竟然有點難過。

「罷了，既然妳不願意，那我也不強求。」雲歌幽幽地歎了一口氣，嫋嫋婷婷地站了起來，「妳就當作我沒有來過這一遭吧。」

她的聲音輕輕柔柔的，確實好聽，她的動作也透著一種說不出的韻味，抓人心弦。施伐柯有些恍惚地想，雲歌確實很美，陸池喜歡她……也很正常吧。

雲歌彷彿注意到了她的視線，回頭瞥了她一眼，忽然抿嘴一笑，重新戴上斗笠，扭頭走了。

那一笑，端的是回眸一笑百媚生，施伐柯頓時心亂如麻。

外頭，焦嬌送了那個戴斗笠的神秘女人出門，轉頭去尋小姑子，便見小姑子一個人坐在房間裡發呆，情緒看起來比之前更糟糕了。

「阿柯，妳怎麼了？」

施伐柯抬頭看了焦嬌一眼，「剛剛來的，是雲歌。」

「哪個雲歌……」焦嬌順嘴問了一句，然後猛地瞪大了眼睛，「陸秀才從府城風月樓帶回來的那個花魁？」

施伐柯露出了一個煩躁的表情，「嗯，就是她。」

「她竟然來找妳托媒？」焦嬌的表情有些一言難盡，「莫不是那陸秀才竟然真的要娶她？」

「嗯。」施伐柯皺眉點頭。

「他當真不要名聲了？流連青樓、迷戀妓子也就算了，竟然真的要娶她……」焦嬌一臉的不可思議。

「是吧！一般人肯定會覺得這樣不妥吧！我拒絕替他們做媒有什麼不妥嗎？」施伐柯突然拍案而起，怒氣衝衝地道：「那個女人竟然說我在嫉妒她！簡直胡說八道！」

「是是是，她胡說八道。」焦嬌被她嚇了一跳，忙順嘴哄道，然後又好奇地問，「她說妳嫉妒她什麼？」

「嫉妒她的美貌，嫉妒她的才情，嫉妒陸池喜歡她！」施伐柯怒氣衝衝地道。

看著氣得快要噴火的小姑子，焦嬌默默地後退一步……那個女人，來請媒是假，來示威才是真的吧。顯然，她成功了。

看，她小姑子要氣瘋了。

「那……她長什麼樣？美不美？」焦嬌好奇地問了一句。

施伐柯咬了咬牙，憋屈地吐出一個字，「美。」

焦嬌有點想笑，但不敢笑。

自從那個叫雲歌的女人上門之後，施伐柯就一直處於一種十分暴躁的狀態，整個人彷彿變成了一根爆竹，一點就燃。

為了哄她開心，焦嬌豁出嫁妝陪她打馬吊，賀可甜更甚，豁出命來陪她下棋。

陪施伐柯下棋無疑是一樁苦差事，可是賀可甜一想，她和施三哥的婚事能成，還得多虧了那幅仕女對弈圖，可見這世間一切一飲一啄皆有定數，若非她先前陪阿柯下棋，施三哥就不會有感而發畫了那幅仕女對弈圖，若非那幅仕女對弈圖，她不會發現自己珍藏了那麼多年的仕女圖是施三哥所作……如此，便不會成全了她和施三哥的這份良緣。

因此，賀可甜是抱著感恩的心在陪施伐柯下棋的！

雖然已經有了這樣的覺悟，可陪施伐柯下棋當真是份苦差事啊！

賀可甜再一次確定了小姑子把所有下棋的天賦都加在了打馬吊上，她不明白怎麼會有人棋藝爛到自己都心知肚明，卻偏偏還樂此不疲啊！

直至第三日，施伐柯收到了一封來自朱顏顏的信。

信是朱大夫人遣人送來的，原來陸大哥為了一解朱顏顏的思鄉之苦，特意馴養了信鴿，這次寫給施伐柯的信便是夾在了送給朱大夫人的信件裡。

信不長，只有寥寥幾句，一看便知是儘量長話短說了，但信裡透著一股掩不住的歡快勁兒，那股子歡快勁兒幾乎要感染了最近不大愉快的施伐柯。

看到最後一句的時候，施伐柯彷彿被人點了穴一般，不會動了。

爹娘人都很好，不過他們經常忙得不見人影，阿柯，我可想妳了，等妳嫁過來我就有伴了，小叔子說這次回來就向妳提親，他跟妳說了嗎？

施伐柯把這句話來來去去看了好幾遍，還是不大理解這裡面的意思。

朱顏顏的小叔子……是陸池吧？陸池說這次回來就向她提親？

然後，施伐柯突然就想起了那個活色生香的大美人雲歌，整個人一下子就清醒了過來。

哼，騙子，施伐柯忿忿地想。

正忿忿著，那廂大嫂和三嫂敲了敲門進來了。

「阿柯，朱顏顏信上跟妳說什麼了？」賀可甜好奇地問。

「……沒什麼！」施伐柯飛快地把信收了起來。

速度之快看得賀可甜和焦嬌歎為觀止，她們對視一眼，然後賀可甜扭頭看向施伐柯，笑著道：「今日有廟會，我們上街逛逛吧。」

今日，她實在不想再陪小姑子下棋了，她得緩緩，太勞神了！

「是啊是啊，聽說可熱鬧了，整日悶在家中也是無趣，不如出去逛逛啊。」焦嬌也幫腔。

今日，她也不想陪小姑子打馬吊了，再打下去她的嫁妝快要守不住了！

施伐柯正因為朱顏顏的來信心亂如麻，想著悶在家中胡思亂想，不如出去走走自在些，便爽快地答應了。

今日天氣不錯，清風徐徐，吹散了些許夏日的炎熱。廟會新鮮而熱鬧，施伐柯跟著兩個嫂嫂一路十分盡興，儘量不去想陸池和雲歌的婚事，以及朱顏顏那封莫名其妙的來信。

走著走著，施伐柯便和兩個嫂嫂走散了，她也不急著去找她們，踮著腳尖在看一個大爺做糖人，正看得起勁，忽然聽到一個耳熟的聲音。

「明大哥，我要那個糖人。」溫軟的、甜甜的聲音。

施伐柯猛地一僵，雲歌的聲音！

「不可以吃糖，會牙疼。」男人稍嫌冷淡的聲音隨之響起。

那女子「噗嗤」一笑，「明大哥，你忘記了，我早已經過了換牙的年紀。」

那男人一下子沉默了，許久，他淡淡拋下一句，「等著。」

施伐柯看到那個高瘦的男人艱難地擠進了一群孩子中間，看起來有些滑稽，但他自己卻彷彿不覺得，一臉嚴肅地掏出銅錢去買糖人。

那是一個面目寡淡的男人，似乎因為不常笑的關係，眉目顯得十分冷硬。

施伐柯看到那張臉，一下子想起來自己曾經在哪裡聽過雲歌的聲音了！

是那日她去盛興酒樓買酒，可是那夥計得了賀可鹹的授意，明明有酒卻偏說已經售罄，不肯賣給她，那時進來了一對男女，女子戴著幕籬，看不清容貌，男子……便是眼前這個正排隊買糖人的男人了。

施伐柯仍舊記得那個溫婉柔軟的聲音，用一種十分期待的語氣說：「聽聞這盛興酒樓的梅子酒乃是銅鑼鎮一絕呢，如今可算是能嘗一嘗了。」

當時，她身側那男子面目冷淡，並沒有接話，卻在坐下後，對夥計道：「先燙一壺梅子酒來。」

那女子嬌聲道：「明大哥，不必燙了，我想喝些涼的。」

那男子卻是不理她，只對那夥計道：「去燙了酒來。」

當時施伐柯看著他們，便覺得十分有趣，那男子彷彿是個面冷心熱的，明明一副拒那姑娘於千里之外的樣子，卻又忍不住管著她，不許她吃寒涼之物……就如此時一樣。

不過，好奇怪。

「明大哥，你忘記了，我早已經過了換牙的年紀……」

明明十分平常的一句話，為什麼竟是聽得人鼻酸呢？他們……究竟分別了多久？又各自經歷了什麼？

施伐柯正感動著，忽然一想不對啊！雲歌不是說她要嫁給陸池了嗎？為何竟又和這位「明大哥」牽扯不清？

先前的感動一下子變成了氣憤，施伐柯正欲上前同她理論，那個明大哥終於買到了糖人，又艱難地擠過人群，走了過去。

「謝謝明大哥！」雲歌歡呼雀躍的聲音。

「妳呀……」低低地歎息，帶著縱容和無奈。

「好甜。」雲歌軟綿綿的聲音帶著滿足。

不知道為什麼，施伐柯動了動腳，卻沒有走過去……似乎打從心底不忍破壞那份似乎來之不易的美好。

「妳可把臨淵氣壞了。」那男子低低地歎了一口氣，似乎拿她很是沒辦法的樣子，「我已經許久不曾見他生這麼大氣了，若非看在我的面子上，我真擔心他會把妳扔出去。」

「哼，我那是在報恩。」雲歌嬌聲嬌氣地道。

「臨淵可不是這麼說的，他說妳是恩將仇報。」

雲歌一下子笑了起來，笑聲清脆，宛如銀鈴。

「阿妍……」那男子低低地、無奈地喚了一聲，明明是清清冷冷的聲音，卻透著無限的繾綣。

施伐柯聽得一頭霧水，臨淵……他們在說陸池嗎？阿妍……是在叫雲歌嗎？

「那個施姑娘傻乎乎的，當媒婆當得不亦樂乎，不給她下一劑重藥啊，她哪裡能夠看明白自己的心意呢……」雲歌笑嘻嘻的聲音漸漸遠去，「放心吧，臨淵遲早得感激我……」

施伐柯立在原地，呆若木雞。

「阿柯！阿柯！哎呀，妳怎麼在這裡啊！可把我們嚇了一跳，還以為妳丟了呢。」焦嬌大呼小叫地擠進了人群，「阿柯？妳發什麼呆呢？」

施伐柯緩緩眨了一下眼睛，還是有點回不過神。

「哎呀妳別嚇我，妳這是丟魂了嘛，還是被拍花子的給拍了啊！」焦嬌一臉擔心地湊了過來，施伐柯有點想笑，她都多大了，還能被拍花子的拍走？

「大嫂，我有點累了，想回去了。」半晌，施伐柯開口。

「那趕緊回去吧，妳可別嚇我了。」焦嬌忙將施伐柯拉出人群，又找到了急得團團轉的賀可甜，一同回去了。

一路上，賀可甜一直在數落施伐柯，「這麼大人了，逛個廟會也能走丟！」

施伐柯卻是沒什麼心思聽她嘮叨，她一直想雲歌的事。

剛到家門口，隔壁家的門忽然開了，露出一張八卦兮兮的臉來，那老太太拿了張帖子出來，用缺了牙有些漏風地嘴道：「阿柯妳回來啦，這是金滿樓沈夫人給妳送的帖子，見你們家沒人在家，就擱我這兒了。」

「謝謝李奶奶。」施伐柯伸手接過。

那老太太卻不鬆手，沖她擠了擠眼睛，「沈夫人是不是要托媒啊？給他們家姑娘說親？說的哪一家啊？」

這位老太太還是一如既往的八卦呢。

「……李奶奶，這些關係到姑娘家的聲譽，不好隨便講的。」施伐柯有些無奈地道。

老太太有些興味索然地鬆了手，然後眼睛忽然又一亮，一把拉往施伐柯的手，「阿柯啊！那個小公子後來又來找過妳好幾回呢，妳怎麼回回不讓他進門啊？那小公子長得那麼俊俏，妳也真是忍心，說起來那小公子是不是就是那個給花魁贖了身的陸秀才啊……」

施伐柯沒有去聽老太太後面在八卦什麼，她只注意到了前半句，陸池後來又來找過她好幾回，回回都沒有讓他進門？什麼時候的事情？她怎麼不知道？

施伐柯一下子看向自家兩位嫂嫂，結果兩位嫂嫂一個看地，一個看天，就是沒人看她……

好了，她現在知道了。

施伐柯好不容易跟八卦的李奶奶道了別，轉身走進了家門。

賀可甜和焦嬌妳看看我，我看看妳，好嘛……現在事情敗露了，要怎麼辦？

「我可是為了阿柯好，就算娘知道了也一定能理解我的……」賀可甜輕咳一聲，理直氣壯地道。

「嗯，陸秀才現在聲名狼藉，又迷戀青樓妓子，著實不是良配。」焦嬌雖然知道這個弟妹有私心，但這一回她與她立場一致。

施伐柯才不管她那兩個莫名其妙就達成聯盟的嫂嫂，她到家一頭紮進了房間，又翻出了朱顏顏的信來來回回看了好幾遍，然後又下意識看了一眼放在梳妝檯上的木匣子，那裡面裝著一柄沉甸甸的金如意、一只流光溢彩的鑲寶如意簪和一張五百兩的銀票。

那是陸伯伯、陸伯母和陸大哥給她的見面禮，撇開陸大哥那實惠的銀票不提，金如意和鑲寶如意簪……她早該想到的。

不，當時三哥就一針見血地說了，妳見哪個媒婆拿過見面禮？那叫謝媒禮，作為媒婆妳哪一點值這麼貴的身價了，這見面禮別是相中了妳給他們家做媳婦吧！

可是當時她寧可猜測是陸大哥相中了她……也沒猜是那位陸二哥。施伐柯想想有點好笑，又有點替那位陸二哥心酸，當時，他應該很氣吧。

施伐柯坐不住了，她忽然很想見到陸池，便直接將朱顏顏的信揣進懷裡走了出去，結果剛到門口便碰上了剛進門的兩位嫂嫂。

「阿柯，妳不是說累了嘛，這是去哪兒？」賀可甜問。

「有點事兒出去一趟。」

「妳該不是去找陸秀才吧？」賀可甜一臉懷疑地，又苦口婆心地道：「他壞了名聲，沒有姑娘願意嫁給他的，妳就死了給他說親的心思吧！」

不行，她一定不能再讓阿柯和陸秀才有接觸了。

「嗯，我不會再給他做媒了。」施伐柯面無表情地道。

「真的？」賀可甜一臉狐疑地看著自家小姑子，施伐柯的性格她可是清楚得很，當真這麼容易就放棄了？

「嗯，真的。」施伐柯說完，頭也不回地出門了。

她身後，賀可甜皺了皺眉，嘀咕了一句，「我怎麼覺得有哪兒不太對呢……到底是哪裡出了問題呢？」

施伐柯直接去了柳葉巷。

這會兒陸池正在家中，因為壞了名聲，學堂已經將他辭退了。

陸池正一臉頹廢地坐在院子裡發呆，他之前離開飛墶寨的時候可是放下了豪言壯語說這次定要娶回阿柯的，誰知道不過是幫明長橋去贖個人……結果那女人就給她鬧出一堆問題！那個女人竟然跑去施家托媒！她怎麼幹得出來的啊！簡直恩將仇報啊！他現在被學堂辭退了不說，更慘的是連施家的大門都進不去了！

施家防他跟防賊似的，他認真地琢磨著晚上爬牆進去的可能性……不過就他現在一片狼藉的名聲，娶阿柯是別想了，上門提親肯定會被施家父子的大棒子打出去，現在等待著他的，大概只有搶親一條路了。

想想就好絕望啊……

正在陸池的思緒開始往搶親的道路上狂奔，並且琢磨出一百零八條搶親的辦法時，有人在外頭敲門。

陸池連動都懶得動一下。現在會來敲他門的，只有他那個煩人的學生朱禮了，朱老爺子堅信他有大才，在這種風口浪尖也不肯放過他，非要玩雪中送炭，他也是很無奈。

他現在就是一條廢物，不要理他啊！娶不到阿柯的人生好絕望啊……

門外的人敲了半天，似乎察覺沒動靜，放棄了。

陸池繼續一動不動地發呆。

「陸池！」突然，一個憤怒的聲音響起。

阿柯的聲音？陸池遲鈍地眨眨眼睛，看著那個爬到牆頭上的少女……他莫不是太想念阿柯以至於產生幻覺了？

「你這混蛋！為什麼不開門！」施伐柯憤怒地大喊，這個混蛋明明在家卻不開門，導致她現在騎牆難下！她進退兩難，下・不・去・了啊！

陸池一下子站了起來，阿柯？真的是阿柯！

就在陸池還在原地反覆確認那個騎在牆頭上的少女不是他的幻覺的時候，少女已經憤怒地想要衝過來揍他了，奈何她下不來，然後腳下一滑……

「啊啊啊啊啊！」施伐柯尖叫著摔了下去。

陸池心裡一慌，趕緊掠身上前，以一種不可思議的姿態和速度接住了她，並且將她抱在了懷裡。

懷裡香香軟軟的身體告訴他，眼前這個阿柯，是真的阿柯，不是幻覺。陸池的心一下子就安定了下來，簡直想就這麼抱著她再也不撒手了。

「陸・池。」懷裡的少女一字一頓地叫出他的名字，咬牙切齒彷彿恨不得咬下他一塊肉來。不過陸池想，如果她願意咬的話，他也是很願意的。

「聽說，你是一個手無縛雞之力的書生？」施伐柯冷冷地盯著他，磨著牙道。

陸池微微一僵。

壞了……他剛剛那一手……彷彿暴露了什麼？

施伐柯想起自己當日找了人去試探他的身手，結果他一臉慘相地被人圍毆，打得都吐了血！她哭得涕淚交流啊，這個混蛋竟然是裝的！

狗屁的手無縛雞之力！他剛剛接住她的那一手大概連她大哥都辦不到！他要是手無縛雞之力，這雞得有多大！這個滿口謊言的騙子！

施伐柯怒氣沖天地想伸手推開他，結果推一下，沒推開，再推一下，還是紋絲不動。說好的手無縛雞之力呢！騙子！

「阿柯……」陸池弱弱地喊了她一聲。

「撒手。」施伐柯磨著牙道。

「我不敢撒手……」陸池弱弱地道，手上的力道卻是一點也不弱的。

「為什麼！」施伐柯瞪著他，簡直火冒三丈。

「我怕我一撒手，妳就跑了……」陸池委委屈屈地道。

施伐柯「噗」地一下，被他這可憐相逗樂了，既然樂了，那臉也拉不下來了，施伐柯橫了他一眼，「放開我！」

「我不敢放……」

「佔便宜也要適可而止啊，你這登徒子。」施伐柯翻了個白眼。

啊被發現了……陸池依依不捨地鬆了手，臉上的表情十分意猶未盡。

施伐柯冷哼一聲，重新板起臉，走到院子裡坐下，陸池跟個小媳婦似的跟了上去。

「說吧。」施伐柯抬抬下巴。

陸池眨巴了一下眼睛，一時沒有領會她意思，這是……要他說什麼呢？

「交代啊！這一樁樁一件件，你到底騙了我多少！」施伐柯見他還不老實，一下子豎起了眉毛。

陸池忙端正態度，抓緊時間交代，「我其實會一點點功夫……唔，不止一點點，嗯其實我功夫還不錯來著嘿嘿。」

嘿嘿你個頭啦！「還有呢？」施伐柯挑眉。

「還、還有？」

「雲歌的事呢？」施伐柯輕哼一聲，「她可是到我家來跟我托媒了，說你要娶她。」

「沒有的事，她胡說八道！」陸池忙不迭地撇清，「我就是受朋友所托去給她贖個身，她都已經被我朋友接走了！哎呀真是恩將仇報，氣煞我也！」施伐柯默默看著他。

陸池沉默了一下，才道：「雲歌原本是個官家小姐，我那位好友是她爹養的死士，他一開始的任務就是保護好他的小姐，然而小姐及笄之後，她爹把她許給了一個好色出了名的紈褲子弟，在小姐嫁過去之前，那人後院便已有妾室通房無數，甚至還生了兩個庶長子。」

施伐柯聽得有些出神，忍不住問，「既然是這樣的人家，她爹怎麼捨得把她嫁過去呢？」若是她爹的話，這樣的人家敢上門提親，一定早提著棒子把人打出去了，保管叫他再不敢上門。

陸池失笑，他抬手摸了摸她的腦袋，「傻阿柯，因為妳是個有福氣且幸運的姑娘啊！」說到這裡，他的眼睛有些悲傷，「可是這世上，並不是所有的姑娘都如阿柯一樣幸運，有這樣好的爹爹。總之後來雲歌還是嫁進了那戶人家，不久之後那戶人家因貪污獲罪，牽連了所有的女眷一併被打入了教坊司。」

施伐柯感覺自己的心一下子就被揪住了，「她爹娘呢……沒有去救她嗎……」

陸池只是看她一眼。

施伐柯一下子懂了，眼淚一下子滾了出來。怎麼會有這麼壞的人！

陸池有些想笑，又有些心酸，他伸手將哭得淚眼模糊的小姑娘擁入懷裡，輕輕拍打她的背，說出了那個故事的結局，「我那好友後來掙命掙出了一個自由身，但他的小姐已經輾轉不知流落何方，後來他終於找到了這裡……但是他的身份不方便出面贖人，所以才會拜託我幫忙……好了，別哭了，他們以後會好好的。」

那個叫明長橋的江湖客帶走了一個叫鐘姸的女子，那個鬧得銅鑼鎮沸沸揚揚的雲歌，也隨之不見了，以後都不會有雲歌了。

「你、你鬆開手，你這個登……登徒子……」施伐柯一邊哭得抽抽噎噎一邊道。

陸池抽了抽嘴角，鬆開了手，「阿柯，妳現在已經知道原委了，便不會再生我的氣了吧？」陸池一臉忐忑地看著她，道。

施伐柯頓了一下，勉強點點頭。

陸池大喜，隨即又有些疑惑地道：「對了，阿柯，妳今日來找我，可是有什麼急事？」否則……怎麼急得爬牆了呢？

施伐柯抬眸看了他一眼，忽然慢吞吞地道：「我今日又收到了沈夫人的帖子，想請我替你和沈桐雲做媒。」

陸池面色一僵，心中暗罵那還不消停的郁七娘，還有那管不住媳婦的沈青！

「阿柯我……」

看到他臉上鬱鬱的表情，施伐柯心中忽然有些不忍，便打住了要逗他的念頭，清了清嗓子開口道：「不過，我不會替你做媒了。」

「什麼？」陸池一愣。

「以後，我都不會替你做媒了。」施伐柯斬釘截鐵地道。

陸池一聽急了，以為施伐柯還在生氣，並且以後都撒手不管他了，忙急急地道：「可是妳不是說過我的終身大事包在妳身上了嗎？」

施伐柯又忍不住想翻白眼了，這個人看起來彷彿很聰明，但那顆聰明的腦瓜子關鍵時刻總是不靈光。

「是啊！我說過，你的終身大事包在我身上了。」施伐柯一本正經地道：「我認真想了想，你婚事如此艱難，實在有損我一代大媒的名聲，為了防止你成為我媒婆生涯中的敗筆，不如……」

「不如怎樣？」陸池實在緊張極了，不知她又會想出什麼歪招來。

「不如你娶了我吧！」施伐柯輕咳一聲，很是一本正經地道。

幸福來得太快，簡直猝不及防。陸池呆了呆，然後一把抱住了她。

「喂！」
「嗯？」
「你沒什麼事瞞著我了吧？」
「……嗯。」
陸池忽然有點心虛，他好像……還有一件特別、特別重要的事情沒有告訴她。

施伐柯安撫住了因為好不容易得了媳婦而有點忘形的陸三哥，回家去了。
因為回家她還有一場硬戰要打，她首先得幫聲名狼藉的陸三哥恢復名譽，然後還要好好安撫可能會因為閨女恨嫁而遭受打擊的老父親……
於是這一日施家的晚膳吃得尤其精彩。
「三哥，你最懂謠言止於智者這種事了，對吧？」這是施伐柯的開場白。
她首先找了一個容易與她產生共鳴的人來提出這個問題，畢竟三哥可是深受不舉流言困擾的人呢……應當很理解這種心情吧！
施三哥莫名其妙地看她一眼，「妳想說什麼？」
「咳，最近傳得轟轟烈烈，把你的謠言都壓下去的那個謠言……是什麼啊？」施伐柯暗示性地道。

「陸秀才要娶花魁？」果然，施三哥很上道地道，可隨即他又勾起唇角，賊兮兮地道，「不過……妳確定這是謠言？」

「我當然確定了！」施伐柯義正辭嚴，「陸池他只是受人所托，那位雲歌姑娘的心上人另有其人，只是不方便出面罷了，這會兒雲歌姑娘早已經和她的心上人離開銅鑼鎮了。」

這話一出，飯桌上所有的人都被吸引了，可見最近流言範圍之廣。

「當真？」一旁，施二哥好奇地問。

「自然是真的，我可是親眼看到雲歌和她的心上人在一起的。」施伐柯說著，看向兩位嫂嫂，「就在今天的廟會上，我跟兩位嫂嫂走散了，其實就是因為看到了雲歌。」

「可是先前那位雲歌姑娘不是還登門找妳托媒，說陸秀才要娶她嗎？」焦嬌眨巴了一下眼睛，疑惑道。

賀可甜眼神一閃，接話道：「是啊，阿柯，妳可不能為了護著那陸秀才，就替他撒下這樣一個彌天大謊。」

施伐柯雖然不知道自己這兩位嫂嫂為何莫名其妙就要和陸池過不去，但還是得解釋清楚這件事啊。

「……唔，雲歌姑娘上門請媒其實只是想激我一激。」

「什麼意思？」一直沉默觀戰的老父親施長淮忽然覺得有些不對了。

「爹、娘。」施伐柯忽然放下筷子，坐直了身子，「其實在給朱家大小姐做媒的時候我就想過了，當媒婆這種事情果然還是成了婚之後更方便一些，像我這種還沒成親就熱衷於當媒婆的姑娘……如果不是有爹娘護著，八成會遭人恥笑的吧！」

「阿柯……妳到底想說什麼？」施長淮顫抖著聲音問。

「爹、娘，我想嫁人了。」施伐柯一臉鄭重地宣佈。

一桌子人都呆住了。

施長淮「哇」地一聲哭出聲來了……陶氏抽了抽嘴角，趕緊將人拖走了，免得他繼續丟人現眼。

那天夜裡，據說陶氏開了恩，准施長淮喝了兩杯酒，然後就那兩杯酒，施長淮喝得酩酊大醉，而賀可甜，又回了一趟娘家……然後，施伐柯再次被賀可鹹堵住了。

當時施伐柯打算去盛興酒樓買些酒菜去找陸池，畢竟待他們正式開始談親事之後反而更不容易見到面了，不如此時再多見幾回，順便和他談談成親的具體事宜，做媒婆就是這點好，自己的婚事若要操辦起來，那真是得心應手。

當然，像她這種還沒成親就當媒婆的姑娘也是絕無僅有。

「一壺梅子酒、一份荷葉雞，唔……有魚嗎？」施伐柯記得陸池好像喜歡吃魚。

「有有有。」夥計眼睛一亮，很是殷勤地道：「施姑娘，今天廚房來了一批新鮮的鯉魚，要不您親自去後廚挑一條？」

施伐柯心動了，因此忽略了那夥計殷勤得有點過了頭的態度，跟著夥計去了後廚。

果然，後廚裡擺了一個大盆，裡頭都是活蹦亂跳的鯉魚，看著便十分熱鬧喜慶，施伐柯蹲在盆邊看了一會，指著最大的那條肚子上有黃色鱗片的大鯉魚道：「就這條最大的吧！」

然而身後沒有動靜。

施伐柯一回頭，便被嚇了一大跳。

那夥計不知道什麼時候跑了，站在她身後的，是不知道什麼時候來的賀可鹹。

「賀大哥你怎麼來了？這麼不聲不響地站在我身後，可把我嚇了一跳。」施伐柯抱怨道。

「我也被嚇了一大跳呢。」賀可鹹看著他，涼涼地笑了一下，「聽說，妳要成親了？」

「你怎麼知道？三嫂跟你說的？」施伐柯一愣。

「妳真的要嫁給那個臭書生？」賀可鹹沒搭理她，只盯著她，繼續問。

施伐柯皺了皺眉，不滿道：「陸池和你無冤無仇的，你為何要罵人啊！」

「哈？」賀可鹹彷彿聽到了什麼笑話似的，誇張地笑了一下，「無冤無仇？」

「……那不然你們到底有什麼冤仇？」

「奪妻之仇，算不算？」賀可鹹盯著施伐柯，問。

……哪來的奪妻之仇啊！

見施伐柯一臉看神經病的眼神，賀可鹹忽然很想笑，他也真的笑了，笑得前仰後合，彷佛真的很好笑一樣。

施伐柯被他歇斯底里的笑聲嚇到了，往後退了退，小心翼翼地看著他，「賀大哥……你怎麼了？」

他的笑聲戛然而止。整個後廚不知道什麼時候只剩下了他們兩個人，四周靜得可怕，施伐柯突然有種想拔腿就逃的衝動。

「妳答應過要嫁給我的，阿柯。」賀可鹹看著她，道。

「我什麼時候……」施伐柯下意識便想反駁，然而接觸到他的眼神之後，忽然就想起來他上回在金滿樓說的話了，不由得有些好笑，「賀大哥，當年我才幾歲，而且我當時還喝醉了……」

「所以，就可以不認帳了嗎？」賀可鹹冷冰冰地問。

「這不是認不認帳的問題啊！是根本就不需要認帳……啊呸，我到底哪裡有什麼賬需要認啊！」施伐柯簡直要被繞暈了，她快要冤死了好嘛！

如果不是場合不對，如果不是沒有心情，賀可鹹都要被她逗笑了，她總是這麼可愛又能引人發笑的，可是她現在卻一門心思想要嫁給別人……賀可鹹感覺自己的一顆心沉了又沉，幾乎要沉到了深不見底的深淵。

「妳確定，陸池會娶妳？」他緩緩開口。

施伐柯當然確定，簡直不能太確定了好嘛！陸池聽到她願意嫁給他的時候，整個人簡直歡喜到不知所措啊！一想起當時他歡喜到團團轉的模樣，她眼裡就忍不住有笑意流露了出來。

她的表情深深地刺痛了賀可鹹的眼睛，「蠢丫頭，妳知道褚家當初為何急匆匆替褚逸之定下婚事嗎？他們看不起媒婆下九流不假，但主要問題出在哪裡妳知道嗎？」

賀可鹹忽然問了一個風馬牛不相及的問題。

施伐柯有些莫名其妙，她從頭到尾都沒有想過要嫁給褚逸之啊……褚逸之是怎麼定下的婚事與她何干？

賀可鹹卻並不需要她的回答，他很快便自問自答了，「主要問題出在妳大哥身上，妳大哥是捕快，捕快屬於賤業，律法規定他們的後代不能參加科舉，連子孫都必須三代以後才可以參加，當時褚逸之已經是秀才了，所以他娘才急著替他娶了先生的女兒。」

「……褚逸之娶誰和我有什麼關係？」施伐柯終於忍不住打斷了他。

「陸池也是秀才。」賀可鹹眸光微寒，「娶了妳，他便絕了科舉之路，妳確定他真的會娶妳？」而他賀可鹹不同，他家中世代從商，工商之家，不得預於士，他早已絕了科舉之路，才是她的良配！

施伐柯沉默了一下，才道：「你知道我三哥在備考嗎？他先生囑咐他先修心再修學，這次遊學歸來，便是先生說他明年可下場一試了。」

賀可鹹一愣。他妹夫在備考？那豈不是說……

「我大哥不是賤籍，他是武舉出身的都頭。」施伐柯默默說完，快步走出了後廚。

賀可鹹呆呆地在後廚站了許久，然後驀然發出一陣大笑，笑得眼淚都快出來了。

「原來，我和你一樣，都是蒙在鼓裡的可憐蟲啊！褚逸之。」

陸池自從被學堂辭退了後，除了單獨教導一門心思要雪中送炭的朱禮，其他時間都很空。

他接受了施伐柯的建議暫時不要去施家礙未來岳父大人眼，否則很有可能有生命危險，因此只能待在柳葉巷的院子裡宛如一個深閨怨婦一般等待著施伐柯的到來，尤其是……在施伐柯說願意嫁給他之後，這份甜蜜的等待便越發的顯得難熬。

彷彿是感應到了他迫切想要見到她的心情，她果然就出現在了他家門口，當真是身無彩鳳雙飛翼，心有靈犀一點通啊！

不過，如果她能夠專心一點就更好了，今日的施伐柯看起來心事重重，一直在走神呢……

「阿柯，妳在想什麼？」見她又一副心不在焉的樣子，陸池忍不住問。

施伐柯正在琢磨著賀可鹹之前說的那段話，那個念頭一直困擾著她，陸池為何不去參加秋闈？莫不是他也以為她大哥是賤籍，怕她心中難過所以乾脆不提？

想到這裡，她忽然抬頭看向他，「陸池。」

「……不要這樣連名帶姓地叫我，我害怕。」

施伐柯嘴角抽了抽，「那應該叫你什麼？陸二哥？」

「別別別，妳叫我……嗯，臨淵哥哥？」

「……還是叫你陸二哥吧。」

「臨淵！叫我臨淵就好了。」陸池忙道，不再得寸進尺。

「好吧，臨淵，我其實有些好奇，你什麼時候去參加秋闈？」施伐柯看著他，直截了當地問，再不讓他有機會把話題帶歪，他總有這個本事！

陸池心裡咯噔一響。

「我今年不打算去參加秋闈了。」他垂眸道。

施伐柯一愣，「為什麼？」陸池似乎是遲疑一下。

「今天，賀大哥跟我說了一堆奇奇怪怪的話，他說褚家當初之所以急急忙忙替褚逸之定下了婚事，是因為我大哥是捕快，捕快屬於賤業，律法規定他們的後代不能參加科舉，連子孫都必須三代以後才可以參加，當時褚逸之已經是秀才了，所以他娘才著急替他娶了先生的女兒……」施伐柯頓了頓，看向他，「可是我大哥不是賤籍，他是武舉出身的都頭，所以……你不要有什麼顧慮。」

陸池失笑，他摸了摸她的腦袋，「我不去參加秋闈和妳沒關係，而且……就算妳大哥是賤籍，對妳也沒有什麼影響的，畢竟我是和妳成親，又不是和妳大哥成親，傻丫頭。」

還……還可以這樣？

「不許叫我傻丫頭！」施伐柯抗議，「賀大哥叫我蠢丫頭，你叫我傻丫頭，我是有多蠢多傻啊！」

陸池眉角一挑，哈哈大笑，「我們阿柯最聰明了。」

「那你到底為什麼不去參加秋闈啊？」施伐柯又重新問回了原來的問題。

陸池一滯，隨即清了清嗓子，大言不慚道：「這是我和朱老爺子的約定，既然收了克己為徒，我便要盡到一個先生的義務，不能為了自身前途將他棄之不管，秋闈三年一次，我還這般年輕，不過再等三年罷了。」

朱禮今日正在先生這裡上課，自從陸池不去學堂教學之後，他便也不再去學堂了，而是直接搬來了陸池的院子上課。

對此，陸池表示煩不勝煩，但朱禮顯然不管的，他覺得先生在口是心非。

果然，被他逮到了吧！

正偷聽的朱禮聽到這裡，不由得感動得熱淚盈眶，「先生，你去考試吧！不必管我的！」

陸池抽了抽嘴角，十分嫌棄地看了這個沒眼色的學生一眼，「這是我和你爺爺的約定。」

朱禮一愣，原來他當日能順利拜先生為師……竟然是先生答應了老太爺會放棄今年的秋闈嗎？

朱禮又感動又愧疚，感覺自己耽誤了先生的前途，簡直罪大惡極，他捏了捏拳頭，「我去跟爺爺說！」說完，轉身跑了。

喂……陸池默默抽了抽嘴角，這個學生真的是……好煩啊！

結果第二日，朱禮又蔫頭蔫腦地來了。

「看你這副德行，看來是沒說通了？」陸池好整以暇地問。

「先生……你不用管和我爺爺的約定，你去參加秋闈吧！」朱禮囁嚅著道。

「哼，你希望為師成為一個背信棄義的小人嗎？」陸池猛地拉下臉，十分不悅地道。

朱禮垂頭喪氣地走了，完全沒有看到身後，自家無良先生如釋重負的表情……

轉眼便是秋闈開考之日，施伐柯怕陸池心中傷懷，約了他出來吃飯散心，因為怕又碰到賀可鹹，施伐柯特別拉著陸池去了一家新開的酒樓。

結果正吃著呢，一抬頭，便看到了站在二樓的賀可鹹正居高臨下地看著他們，簡直太驚悚了啊！施伐柯抽了抽嘴角……這是什麼運氣？

賀可鹹沖施伐柯點點頭，慢悠悠地走了下來。

「賀大哥……這酒樓，也是你開的？」施伐柯試探著問。

「好說，一點小生意。」賀可鹹十分謙虛地道。

這生意一點都不小好嘛！

賀可鹹說完，忽然看向了安靜地坐在一旁的陸池，「陸秀才……怎麼不去參加秋闈啊？」

「賀大哥！」施伐柯蹙了蹙眉，打人還不打臉呢，怎麼上來就找碴啊！

「前些日子，陸秀才的兄長陪著朱家大小姐回銅鑼鎮省親，我好奇讓人查了一查，發現了一些很有趣的消息呢。」賀可鹹笑了笑，一屁股坐了下來，「介意我坐下慢慢說嗎？」

不管介不介意……你都已經坐了呢！

陸池面色不變，可是捏著筷子的手微微緊了緊，施伐柯不動聲色地瞥了他一眼，這是……有問題？

「聽說，陸秀才是嵐州人？」賀可鹹笑咪咪地看向陸池。

陸池看了他一眼，慢吞吞地點點頭，「是。」

「那陸秀才知不知道嵐州有座千崖山啊？」賀可鹹又笑咪咪地問。

陸池看著他，再次慢吞吞地點了點頭，「知道。」

「那陸秀才又知不知道千崖山上有個飛瓊寨？」

陸池捏著筷子的手指骨微微發白，他微微一笑，看著賀可鹹的眼睛道：「知道，千崖山飛瓊寨嘛，那寨主占山為王，快意恩仇，而且有人有地有錢很是快活，阿柯同我講她十分嚮往那處世外桃源一般的地方呢！」

施伐柯抽了抽嘴角，這話，她倒是說過。

這廝，也真是……能夠靈活運用！這是她與他初見時講的話……

「陸公子是嵐州人，有沒有聽過嵐州有個千崖山啊？」

「倒是聽過，姑娘為何問起這個？」

「聽我爹說的，我爹說千崖山上有個飛瓊寨，那寨主占山為王，劫富濟貧，快意恩仇，而且有人有地有錢，我爹很是嚮往呢。」

所以，是她爹嚮往，不是她嚮往啊！

賀可鹹卻是被刺激到了，他瞇了瞇眼睛，面上的表情陰晴不定，「陸秀才是讀書人，想必聽說過葉公好龍？」

「阿柯才不是葉公，我也不是讀書人。」

陸池咧了咧嘴，露出一口森森的白牙，「我是山．匪．啊！」

賀可鹹一下子看向施伐柯，彷彿在說：你看！你看！他露出真面目了！

然而，他眼中那份扒開陸池真面目的得意和憤慨很快便化作了虛無……只剩一片空茫，因為施伐柯只是安靜地坐在那裡，面帶微笑。

她的笑容恬靜安然。

那一刻，賀可鹹就知道，不管他再怎麼挑撥，他都不可能再得到阿柯……不，或許這個結果他很早之前就知道了。

只是，不甘心罷了。

「罷了，我是枉作小人了。」賀可鹹淡淡說著，就這麼起身走了，再也不曾回頭。

賀可鹹走後，一直假裝很瀟灑很淡定的陸池偷偷覷了面帶微笑的施伐柯一眼，然後默默轉過身，面向她坐好，十分俐落且誠懇地道歉，「對不起阿柯，我錯了。」

施伐柯斜睨他一眼，「錯哪兒了？」

「我不該騙妳……不過我也沒有騙妳啊！我是嵐州人，也是個秀才嘛。」陸池說著說著彷彿覺得自己很有道理似的，還點了點頭。

施伐柯淡淡瞥了他一眼。

陸池立刻正襟危坐，端正態度，然後討好地沖她笑了笑，伸手拉住了她的衣袖討饒道，「不過這個秀才……的確是用了些手段冒籍報考的，能夠混進考場中了秀才已是極致，再想進一步……是不大可能了。」說到這裡，他一臉心虛地看了她一眼，「所以……我可能沒辦法讓妳做舉人娘子了。」

施伐柯聽到這裡，忍不住啐了他一口，「誰答應做你娘子了！」

陸池一下子慌了，「我們不是說好了嘛……都已經合了八字，而且……而且……」他眼睛一亮，猛地拉起了她的手腕晃了晃，她手腕上那只晶瑩剔透的鐲子也跟著晃了晃。

「這是我們陸家媳婦的傳家寶，大嫂有個玉墜，和妳這個玉鐲是一套的！」陸池眼睛亮亮地道，「所以妳一早便是我定下的媳婦兒了。」

施伐柯又想啐他了，這分明是他爹花了六百兩銀子從一個傻書生那裡哄來的啊！想著想著，又有點想笑……結果這個傻書生好像一點也不傻，要是她爹知道自己上了這傻書生的當，把閨女賠出去了，非氣得打折他的腿不可。

這種哭笑不得的心情在對上陸池亮晶晶的眼睛時，便又全都軟作了一團，再不捨得欺負他了，他明明才學出眾，卻限於出身無法一展抱負，今日乃秋闈之日，他面上不顯，但心中定然是十分傷懷吧……

施伐柯看著他的眼睛，抬了抬下巴，又清了清嗓子，道：「我才不想做什麼舉人娘子，我只想做壓寨夫人。」

陸池怔怔地看著她，眼睛一下子亮了。

亮得可怕，那灼灼的光亮似乎要將眼前這個小姑娘一口吞吃掉。

「阿柯，我真開心。」他看著她，輕聲呢喃，「真的開心。」

結果吃完飯結帳的時候，施伐柯忍不住驚呼，「我們才點了幾個菜，都沒有點酒，怎麼會這麼貴？」

「……我們東家說了，以後陸公子來酒樓吃飯，統統兩倍的價格。」小夥計撓撓腦袋，笑得有些憨，「我們東家說這叫劫富濟貧！」

施伐柯大怒，「賀可鹹你個奸商！」

陸池卻是笑咪咪地拉住了阿柯，「他心裡不痛快，隨他吧！」

反正他有錢。

尾聲 各有前程

秋闈之後的某一日，忽有喜報傳來，銅鑼鎮褚家大郎褚逸之中舉，褚家上下大喜，舉家入京。

那一日，褚逸之猶豫了許久，想去施家再見施伐柯一面，但離愁別緒，竟是沒有再見她一面的勇氣。許是上天垂憐，竟是在大街上遇見了她。

彼此，她正笑盈盈地望著一位正在做糖人的老先生，表情放空，不知道在想什麼。

褚逸之知道，這種時候，她通常就只是在發呆而已……他們畢竟從小青梅竹馬一起長大，再沒人比他更瞭解她了。

可是……他們為何竟走到如今這個地步？

「阿柯。」他終於還是忍不住喊了她一聲。

施伐柯看了他一眼，然後面上露出了一絲驚訝的表情，「褚逸之？聽聞你們要搬去京城了？」

原來她知道啊……褚逸之笑了笑，心裡說不出是個什麼滋味，「便是今日了，此去一別，不知何日再見，阿柯，妳……保重。」

施伐柯看著他這樣，心中也略有傷感，畢竟也是兒時的玩伴……她正欲開口，身後突然響起了陸池的聲音，「阿柯，妳在哪兒？」

施伐柯心中頓時一緊，陸池此生無望科舉之路，若此時見到中了舉的褚逸之，豈不是在他心口戳刀子？

當下什麼傷感都沒了，只匆匆道了一句，「保重，後會有期。」便向著陸池的方向快步走了過去。

「後會有期……」褚逸之輕輕低喃了一句，他面色灰敗地看著施伐柯毫不留戀地轉身而去，忽然心有所感，抬頭看去，正對上那位陸秀才意味深長的眼神，不由得心中忿忿，隨即又覺得心中空落落的。

那廂，施伐柯擔心陸池看到褚逸之心中難受，趕緊拉著他走了，陸池含笑看了一眼滿面落寞的褚逸之，任由施伐柯拉著他走了。

兩人雙雙離去的背影刺痛了褚逸之的眼眸，他定定地站在原地，目送他們離去，周遭的人群來了又往，明明周身四處都是熱鬧，但不知為何，褚逸之卻感覺到了莫大的荒涼。

許久，許久，他才微微落著雙肩，轉身離開了。

遠處的人群裡，施伐柯似是心有所感，回頭看了一眼，隔著重重的人群，褚逸之早就已經看不見了。

「阿柯，妳在看什麼？」陸池問。

施伐柯趕緊回過頭沖他笑了笑，「沒什麼，彷彿看到了一個認識的人呢。」

陸池微微一笑，沒有追根究底。

若干年後，於街中重逢，孫氏衣著錦繡，相貌卻愈見刻薄，聽聞褚逸之官至三品，家中置了兩房妾氏。

彼時，施伐柯正在首飾鋪子裡，低頭看一塊玉珮。

一別經年，她依然面色紅潤，如往昔般透著少女嬌憨的神態，但卻挽著婦人髻，孫氏遲疑了一下，上前問道：「是否是施姑娘？」

施伐柯回頭，微微一笑，回說：「夫家姓陸。」

孫氏一下子想起了那日大街上為她出頭的那個書生，時隔多年，那人的容貌依然清晰，無他，只因那人的容貌確實太過耀眼，是她生平僅見的昳麗。

陸池雖然因為限於出身沒有能夠繼續科舉之路，但他的學生朱禮卻最終官至宰相，掌丞天子，助理萬機，達到了所有讀書人最渴望的巔峰，是為天下讀書人的楷模。

而這位楷模在廟堂之上為皇帝陛下鞠躬盡瘁，死而後已的時候，他家無良的先生正嬌妻在懷，於江湖之中四處逍遙快活。

但那些，都是後話了。

（全文・完）

國家圖書館出版品預行編目資料

明媒善娶(下) / 夢三生著. -- 初版. -- 臺北市 :
臺灣東販, 2020.05
248面 ; 14.7x21公分
ISBN 978-986-511-171-7(下冊 : 平裝).

857.7　　108017035

明媒善娶（下）

2020年5月1日初版第一刷發行

著　　者　夢三生
封面插圖　哈尼正太郎
編　　輯　鄧琪潔
美術編輯　黃郁琇
發 行 人　南部裕
發 行 所　台灣東販股份有限公司
＜地址＞台北市南京東路4段130號2F-1
＜電話＞(02)2577-8878
＜傳真＞(02)2577-8896
＜網址＞http://www.tohan.com.tw
郵撥帳號　1405049-4
法律顧問　蕭雄淋律師
總 經 銷　聯合發行股份有限公司
＜電話＞(02)2917-8022

授權自廣州阿里巴巴文學